LORENZIST

ISBN 979-12-5957-248-6

Testi con Paolo Valentino
Illustrazioni di Ingrid Costantino

Layout di copertina: Andrea Balconi
Progetto grafico, interni e impaginazione: Bebung, Milano

In collaborazione con in-Sane!
Coordinamento di Alberto Martinelli

Per essere informato sulle novità
del Gruppo editoriale Mauri Spagnol visita:
www.illibraio.it

www.magazzinisalani.it

LORENZIST

MONDO STRANO

ROMANZO

MAGAZZINI SALANI

Cari pinguini,
Il vostro supporto non finirà mai
di stupirmi, **SIETE FANTASTICI**.
Vorrei ringraziarvi uno per uno
con un forte abbraccio perché senza di voi
TUTTO QUESTO non sarebbe stato possibile.
Spero che questo **FANTASTICO** libro
vi possa piacere, è **TUTTO VOSTRO**.
Vi voglio un **NOOT DI BENE**.

e Pingu

CAPITOLO 1

LA LETTERA MISTERIOSA

Era un caldo pomeriggio di primavera, uno di quelli in cui l'estate sembra alle porte, quando **il suono del citofono fece saltare Lorenzo sulla poltrona**.

Era arrivato alle ultime pagine del nuovo numero di *Monsieur Topo*, il suo fumetto preferito, e non aveva nessunissima voglia di interrompere la lettura: *Monsieur Topo* stava per affrontare di nuovo il suo nemico di sempre, Lady Palude, e il loro si preannunciava come uno scontro *epocale*!

«Mamma, vai tu?» urlò dalla cameretta.

Poi di colpo si ricordò che era da solo in casa,

proprio quel pomeriggio sua madre sarebbe rientrata più tardi dal lavoro.

Sbuffando lasciò il fumetto aperto sulla scrivania e si alzò per andare a rispondere.

«Chi è?» domandò portando il ricevitore all'orecchio.

Era il postino.

«Che noia!» esclamò.

Quando Lorenzo scese a prendere il pacco – di sicuro qualche acquisto fatto dalla mamma su Internet – l'uomo aggiunse: «C'è anche questa lettera... per te».

«Per me?! È la prima volta che ne ricevo una!»

«**E io è la prima volta che vedo un indirizzo scritto a quel modo!**» replicò il postino risalendo in sella alla bici.

Un attimo dopo era scomparso dietro l'incrocio.

Lorenzo risalì piano le scale, col pacco sottobraccio e la lettera tra le mani. Il suo nome e il suo indirizzo erano composti con lettere ritagliate da giornali, riviste, volantini e chissà cos'altro.

Entrò in casa e si sedette piano sul divano in salotto. Mentre apriva la busta avvertiva una strana sensazione. Sul foglio all'interno era composto, con lo stesso identico procedimento, un messaggio lungo appena qualche riga:

MR. JIMBO TI INVITA
ALLA SCOPERTA
DEL DIVERTIMENTO.
L'APPUNTAMENTO È PER QUESTA
SERA ALLE NOVE, ALLA FINE
DEL SENTIERO DELLA CORTECCIA.

Se il messaggio si fosse fermato qui, Lorenzo avrebbe pensato si trattasse di una *semplice* **pubblicità**... be', non tanto semplice in realtà (non osava immaginare quanto tempo ci volesse per incollare a una a una tutte quelle lettere!), ma pur sempre pubblicità (anche se... di cosa?!).

E invece, più in basso, c'era un *post scriptum*:

P.S. Se vuoi conoscere qualche rivelazione su tuo padre, non mancare!

A quelle parole, **Lorenzo sentì un nodo allo stomaco**.

Che cosa sapeva questo Mr. Jimbo di suo padre? E poi chi era? Non lo aveva mai sentito nominare.

Fece qualche ricerca su Internet, ma non riuscì a trovare niente al riguardo.

Così come non era mai riuscito a scoprire, in tutti quegli anni, niente riguardo suo padre.

Sospirò.

Erano passati due anni dall'ultima volta che lo aveva visto. Due anni in cui aveva spento le candeline di altrettante torte di compleanno – l'ultima volta erano dodici – e aveva anche cambiato scuola.

Tutto era accaduto una sera di ottobre come tante. Tirava un vento fresco e le chiome degli alberi erano già dei colori dell'autunno. Da qualche tempo suo padre, che lavorava come consulente informatico, aveva preso a fare lunghe passeggiate dopo cena. Diceva che gli servivano per schiarirsi la mente dopo la lunga giornata trascorsa davanti al computer.

Quella sera, però, **non rientrò a casa**. Né lo fece nei giorni successivi e in quelli dopo ancora.

Non inviò messaggi, non chiamò al telefono, né tantomeno scrisse lettere per mettersi in contatto con Lorenzo e sua madre. E, quando loro provavano a chiamare lui, il risultato era sempre lo stesso: il cellulare era staccato.

SUO PADRE, INSOMMA, ERA SCOMPARSO NEL NULLA.

Secondo alcuni gli era successo qualcosa di brutto. Magari aveva avuto una terribile amnesia che gli aveva fatto perdere la strada di casa. Secondo altri se ne era andato di sua **spontanea volontà**, magari ad aprire un chiosco di bibite su una spiaggia dei Caraibi.

Per qualche tempo ne parlarono i giornali, persino la televisione, poi gli articoli e i servizi a mano a mano si diradarono, e alla fine non ne parlò più nessuno.

Anche Lorenzo e sua madre non ne parlavano quasi mai.

ERA UN DOLORE TROPPO GRANDE NON SAPERE CHE COS'ERA ACCADUTO A UN MEMBRO DELLA FAMIGLIA CHE MAI NESSUNO AVREBBE POTUTO SOSTITUIRE.

In quel momento, la porta di casa si aprì.

«Tesoruccio, sono tornata!» cinguettò sua madre dall'ingresso. «Tutto bene?»

D'istinto Lorenzo piegò il foglio in quattro e lo infilò nella tasca posteriore dei jeans insieme alla busta che lo conteneva.

«Sì, mamma!» rispose andandosi a rinchiudere in cameretta con la scusa di dover studiare per il compito di Storia del giorno dopo.

Ma non aveva la minima intenzione di aprire il libro. E non aveva neanche voglia di riprendere a leggere *Monsieur Topo*.

Aveva bisogno di sentire i suoi amici.

Si tuffò sul letto a pancia in giù, poi prese il cellulare e fece partire una **videochat di gruppo**.

La prima a rispondere fu Franpesca. Vedere la sua chioma rossa comparire sullo schermo lo fece subito sentire meglio.

Franpesca si chiamava Francesca, in realtà, ma **tra di loro i nomi veri erano banditi**... troppo noiosi! Molto meglio i soprannomi.

«Che succede, Pingu?» gli domandò.

Pingu, ovviamente, era il suo.

Prima che potesse rispondere, si collegarono, praticamente nello stesso istante, anche i suoi due cugini, Asta e Deku.

«Pingu, morivi dal desiderio di vedere il mio nuovo numero di magia, vero?» chiese Deku. «Mi stavo giusto esercitando, guarda qua!» proseguì, mostrando un mazzo di carte.

«Secondo me, invece, aveva voglia di ascoltare una barzelletta!» si intromise Asta, passandosi una mano tra i riccioli neri. «Lo sapete qual è il colmo per...»

«Ti prego, *no*!» lo fermò Franpesca. Se c'era una cosa che detestava erano proprio le barzellette di Asta.

MONSIEUR
TOPO

In quell'istante si collegò anche Tonno. «Scusate il ritardo! Mi sono perso qualcosa?»

«No, amico, sei arrivato giusto in tempo, stavo proprio per...» dissero Asta e Deku all'unisono.

«Ragazzi, vi ho chiamati per dirvi una cosa importante».

Il tono della voce di Pingu era così serio che tutti quanti, di colpo, si zittirono.

Lui prese un respiro e poi, d'un fiato, raccontò della misteriosa lettera che aveva appena ricevuto.

«Non so cosa fare...» disse alla fine.

Fu Deku, dopo qualche attimo di silenzio, a rispondere. «Se c'è anche la minima possibilità che questo Mr. Jimbo sappia davvero qualcosa di tuo padre, **non ci resta che accettare il suo invito**». E, rivolto a tutti gli altri, aggiunse: «Voi avete altri programmi per la serata?»

Il nodo che Lorenzo aveva sentito allo stomaco fin da quando aveva letto il messaggio di Mr. Jimbo si sciolse un po': **che cos'avrebbe fatto senza i suoi unici, fantastici amici?**

CAPITOLO 2

IL SENTIERO DELLA CORTECCIA

A cena Lorenzo aveva mandato giù sì e no qualche boccone.

Continuava a pensare alla lettera e a ciò che avrebbe scoperto andando all'appuntamento con il **misterioso Mr. Jimbo**.

Lui e gli altri avevano organizzato tutto.

Per i loro genitori sarebbero semplicemente andati al cinema Colossus a vedere un film dell'orrore. Invece, si sarebbero ritrovati sotto casa di Tonno per dirigersi verso la periferia della cittadina, direzione **Sentiero della Corteccia**.

Quando finalmente le lancette dell'orologio segnarono le otto e mezzo, Pingu si alzò dal divano e salutò la madre. **Non sapeva che cosa sarebbe successo quella notte e non voleva farla preoccupare**, quindi aggiunse: «Dopo resto a dormire a casa di Tonno... sai com'è lui! Ogni volta che andiamo a vedere un film di paura, poi ha gli incubi».

Sua madre distolse per un attimo lo sguardo dallo schermo del televisore. «Oh, certo, tesoruccio! Tonno, grande e grosso com'è, è proprio un *patatone*!»

Gli mandò un bacio con la mano, senza alzarsi dal divano, e poi si rimise a guardare la sua serie tv.

LORENZO DEGLUTÌ, PRESE UN RESPIRO E USCÌ DI CASA CHIUDENDOSI LA PORTA ALLE SPALLE.

'Chissà cosa mi aspetta...' pensò.

La cittadina dove vivevano non era molto grande, ma c'era tutto quello di cui Pingu e gli altri avevano bisogno: un bar che faceva i frappè più buoni del mondo (e poi i muffin ai mirtilli, il gelato al caramello salato e la lista sarebbe davvero *troppo* lunga), la libreria della signora Adelia (che nonostante un nome così delicato era una grande appassionata di romanzi dell'orrore e aveva sempre le ultime novità in bella vista sugli scaffali), il Parco delle Montagnette dove andare a passeggiare (ma anche lanciarsi a tutta velocità giù per le discese con la bicicletta...), e tanto altro, tra cui proprio il cinema Colossus.

Per un momento Pingu pensò di mollare tutto, comprare i biglietti e sedersi insieme ai suoi amici a vedere *La notte dei fantasmi* mangiando popcorn al burro. Ma non poteva far finta di niente, glielo avevano detto anche i suoi amici: **se c'era anche solo una possibilità di sapere dove fosse finito suo papà, non doveva lasciarsela sfuggire.**

Così proseguirono fino al limite della cittadina. I boschi, e quindi anche il Sentiero della Corteccia, si trovavano da quelle parti.

«**Certo che a quest'ora qui è proprio un mortorio**» commentò Asta guardandosi intorno.

Sullo stradone, infatti, non passava neanche una macchina.

«Un tempo era trafficatissima, invece! Lo sapevate?» disse Franpesca.

Sì, Pingu lo sapeva. Gliene aveva parlato sua madre una volta. Nei suoi ricordi c'erano auto che venivano da lontano e autobus pieni di persone, taxi che fermavano da quelle parti... poi, di colpo, tutto sparito!

Ma quando lui le aveva domandato perché il traffico fosse **scomparso**, così all'improvviso, lei non aveva saputo rispondere.

«Non me lo ricordo, tesoruccio... proprio non riesco a ricordarmelo...»

Comunque fossero andate le cose, per quella sera era meglio così. Nessuno li avrebbe fermati chiedendo cosa ci facesse un gruppo di dodicenni in giro così tardi da quelle parti.

«Il Sentiero della Corteccia dovrebbe trovarsi di qua» disse Deku, indicando la strada alla sua destra, un rettilineo fiancheggiato da alberi altissimi che a quell'ora erano ombre nere contro un cielo pieno di stelle. E lassù, ecco una **fantastica luna piena**.

Il gruppo si avviò.

Nello zainetto verde di Deku c'era tutto il necessario per affrontare il bosco a quell'ora di notte:

TORCE, BUSSOLE, FIAMMIFERI E OVVIAMENTE UN PAIO DI BOTTIGLIETTE D'ACQUA E QUALCHE SOSTANZIOSO SNACK.

«Che luna fantastica, vero?» disse Tonno avvicinandosi timidamente a Franpesca. «Ehm, è molto... romantica...»

Che fosse innamorato perso di lei non era più un segreto per nessuno. L'unica che ancora sembrava non essersene accorta era proprio lei, che rispose: «Speriamo faccia abbastanza luce quando ci inoltreremo nella foresta».

«A proposito!» esclamò Asta. «Volete sapere che cosa fa la luna quando va dal parrucchiere? Tenetevi forte... i colpi *di sole*!»

Solo lui rise, mentre gli altri acceleravano il passo scuotendo la testa: il loro amico era davvero incorreggibile!

Poco dopo giunsero nei pressi di una casa diroccata.

Il tetto era crollato per metà, gli scuri penzolavano da una finestra e una pianta rampicante sembrava la stesse divorando.

Appeso su una parete dell'edificio, **un vecchio cartello sbilenco diceva 'SENTIERO DELLA CORTECCIA'.**

Tutti si voltarono nella direzione indicata dalla freccia.

Da lì partiva un sentiero seminascosto dalla vegetazione, come se nessuno lo percorresse da un sacco, sacco di tempo.

«**D-d-dobbiamo andare da quella parte?**» balbettò Tonno.

In quel momento alcuni pipistrelli schizzarono fuori dalla finestra della casa diroccata per involarsi verso la luna piena.

Lui si aggrappò a Franpesca con gli occhi sgranati e le mani che tremavano.

«Hai forse... *paura*?» gli chiese lei.

Al che lui si ricompose e si passò una mano sul mento. «No, no, no» disse cercando di fare la voce grossa. «Per niente!»

«Bene, perché il cartello dice *chiaramente* che il Sentiero della Corteccia è proprio quello!» sottolineò Franpesca, e un attimo dopo si era già avviata.

Gli altri quattro la seguirono e camminarono, camminarono, camminarono... Presto dovettero accendere le torce, perché le chiome degli alberi impedivano ai raggi della luna di filtrare, e a ogni passo c'era il rischio di inciampare in qualche radice sporgente o che un ramo gli finisse dritto in un occhio.

Finché, in lontananza, videro qualcosa che li indusse a rallentare il passo. «Sembra un cancello» disse Franpesca avvicinandosi cautamente.

Ed era proprio così.

Un centinaio di metri più avanti, in un punto in cui la vegetazione si faceva un po' più rada, il sentiero era interrotto da un cancello tutto arrugginito. Sopra, c'era un'insegna a forma di tendone da circo con su scritto:

MONDO STRANO

MONDO STRANO

Deku provò ad aprirlo, ma ciò che ottenne fu solo un assordante rumore di ferraglia che fece di nuovo sudare freddo Tonno.

IL CANCELLO ERA IRRIMEDIABILMENTE CHIUSO.

Da entrambi i lati partiva una recinzione altissima, sormontata da spuntoni aguzzi.

Insomma, impossibile proseguire.

«E adesso?» domandò Franpesca.

Come se il cancello avesse avuto orecchie per sentirlo, si dischiuse appena con un cigolio sinistro. E, subito dopo, una voce spettrale risuonò tutt'attorno: «**Benvenuti a Mondo Strano... divertitevi!**»

CAPITOLO 3

SENZA VIA DI USCITA

Sul **podio dei più grandi spaventi** che Tonno si era preso nei suoi quasi tredici anni di vita c'erano:

- al **terzo posto**, la volta in cui un grosso ragno si era calato proprio sulla punta del suo naso;
- al **secondo posto**, quella in cui un fulmine aveva colpito un albero a pochi passi da lui... per poco non era svenuto dalla fifa;
- e, sul **gradino più alto**, la volta in cui Asta, durante una vacanza insieme, per scherzo si era travestito da fantasma e lo aveva svegliato nel cuore della notte.

Ma adesso questo podio era pronto a essere rivoluzionato, perché la **voce cavernosa** che, arrivando da chissà dove, gli aveva dato quell'**inquietante benvenuto** meritava di sicuro il secondo, se non il primo posto.

E Tonno non era certo stato l'unico a spaventarsi.

TUTTI QUANTI SI ERANO DI COLPO STRETTI IN UN ABBRACCIO, GUARDANDOSI ATTORNO CON GLI OCCHI SPALANCATI.

«**C-chi ha parlato?**» chiese Deku, di solito così spavaldo.

«Non lo so...» rispose Franpesca con un filo di voce.

«Sembra sia stato... il cancello» replicò Pingu.

«A p-p-proposito, lo sapete qual è il colmo per un cancello?» fece Asta, ma poi aggiunse subito: «Scusate, non me lo r-r-ricordo neanche io!»

Tonno era come paralizzato e non riusciva a spiccicare parola.

Il primo a riprendere un po' di coraggio fu Deku.

«Ragazzi, ci dev'essere una spiegazione» disse avvicinandosi per controllare meglio il cancello. «Sono sicuro che da qualche parte è installato un altoparlante... non penserete davvero che a parlare sia stato un fantasma?»

Fece anche per aprire un po' di più il cancello, ma Franpesca lo afferrò per la manica: «Ehi, dove stai andando?»

«Non hai visto che il cancello si è aperto?»

«*Certo* che l'ho visto, ma non vorrai mica entrare?»

«*Certo* che sì, non siamo venuti qua apposta?» ribatté Deku.

«**Ma potrebbe essere una trappola!**» sibilò Franpesca.

«S-s-sì, esatto» balbettò Tonno, che finalmente sembrava aver ritrovato la voce.

Asta annuì, era d'accordo con loro.

«Che banda di fifoni!» esclamò Deku portandosi le mani ai fianchi.

Quindi si rivolse a Pingu: «E tu cosa ne pensi?»

Pingu scosse la testa. «Non saprei...»

Era combattuto: da una parte desiderava proseguire nella speranza di scoprire qualcosa su suo padre, ma dall'altra quell'accoglienza gli era parsa fin troppo ***strana* e inquietante**.

Alla fine disse: «Forse è meglio rientrare».

«Quattro contro uno, la maggioranza vince!» stabilì Franpesca.

Tonno, accanto a lei, tirò un sospiro di sollievo mentre Deku faceva spallucce deluso.

Pingu e gli altri ripresero la strada del ritorno.

Ora camminavano a passo molto più spedito rispetto all'andata, con Tonno stranamente in testa, che non vedeva l'ora di tornare a casa. Chissà, magari erano ancora in tempo per vedere quel film horror: ***tutto* pur di andarsene di là!**

Stavano camminando già da un pezzo, quando Asta chiese: «Ragazzi, ma non vi sembra che la casa diroccata fosse molto più vicina?»

«Hai ragione...» disse Pingu.

Proseguirono ancora un po', quando, contro ogni logica, si ritrovarono di nuovo di fronte al cancello arrugginito semiaperto.

E di nuovo quella voce spettrale risuonò attorno a loro: «Benvenuti a Mondo Strano... divertitevi!»

«Ehi, ma che scherzo è questo?!» sbottò Pingu.

«Forse abbiamo solo sbagliato strada» ipotizzò Franpesca.

«**Torniamo indietro!**» disse Asta. «Mi è parso di vedere un bivio. Magari se svoltiamo lì...»

Ma anche quando provarono a svoltare, alla fine **si ritrovarono sempre di fronte al cancello e alla sua insegna a forma di tendone da circo**.

La voce li accolse ancora: «Benvenuti a Mondo Strano... divertitevi!»

Stavolta anche Deku sembrava agitato. «Ragazzi, è come se fossimo finiti dentro un labirinto... o peggio, dentro un incubo!»

Tonno riprese a tremare dalla paura.

«Cosa facciamo?» chiese Franpesca.

«Forse dovremmo chiamare qualcuno» propose Pingu. «Potremmo dire che ci siamo persi mentre andavamo al cinema. Be', non è una storia molto credibile, ma non abbiamo tanta scelta...»

«Sì, sì!» esclamò Tonno. «Io chiamo la mamma e le dico di venirci a prendere!»

Per una volta, nessuno lo prese in giro. Tutti quanti, in quel momento, avrebbero voluto la mamma lì con loro.

«Le mando la posizione e...» mormorò mentre scorreva la rubrica.

Premette il pulsante della chiamata e mise in vivavoce.

Si sentirono tre, quattro squilli, poi all'altro capo della comunicazione si udì una voce, e non era certo la voce calda e affettuosa della madre di Tonno.

Era la voce cavernosa che ormai conoscevano bene, e aveva per loro sempre il solito messaggio:

«BENVENUTI A MONDO STRANO... DIVERTITEVI!»

Per un momento i cinque **si guardarono atterriti**: forse aveva ragione Deku, quello era solo un incubo e presto si sarebbero svegliati.

In cuor loro, però, tutti sapevano che non era così.

Presero i cellulari per provare a fare qualche altra chiamata, ma si accorsero che non avevano neppure una tacca.

Una folata di vento scosse la vecchia insegna di legno. **Erano isolati dal loro mondo**:

l'unico posto in cui potevano andare, ora, era quel Mondo... *Strano*.

Pingu lanciò uno sguardo di sfida in direzione del cancello. «Bene» disse. «**Vorrà dire che accetterò il tuo benvenuto, Mr. Jimbo... chiunque tu sia!**»

CAPITOLO 4

BENVENUTI... A MONDO STRANO!

Pingu aprì il cancello con un gesto deciso ed entrò per primo.

Lo seguirono Franpesca, e subito dopo Tonno, ma solo perché non voleva fare per l'ennesima volta la figura del fifone di fronte alla sua amica.

A chiudere la piccola carovana furono i due cugini Asta e Deku. Loro avevano solo voglia di imbarcarsi in una **nuova avventura**.

Mentre camminavano nel buio della foresta, illuminando la strada con le loro torce, facevano le ipotesi più bizzarre su dove stessero andando... che cos'era questo Mondo Strano?

«E se si trattasse della capitale della perduta civiltà di Atlantide?» ipotizzò Deku, che qualche sera prima, invece di ripassare per il compito in classe di Geografia, aveva visto un documentario a riguardo. Nella verifica aveva preso ‘insufficiente’, però adesso sapeva tutto, ma proprio tutto, su Atlantide e i suoi abitanti.

«Ma Atlantide non è stata sommersa dalle acque?» chiese Franpesca con una smorfia.

«Questa è solo *una* delle ipotesi!» replicò Deku.

Per Asta, invece, Mondo Strano era un parco dove alcuni scienziati avevano fatto rivivere i dinosauri, proprio come in *Jurassic Park*. «Magari tra poco verremo attaccati da uno stormo di pterodattili!»

«Non ho mai sentito niente di più assurdo!» commentò Franpesca mentre Tonno, al suo fianco, **cominciava a tremare** all’idea delle zampe di quelle bestiacce che si artigliavano sul suo giubbino per sollevarlo in aria e portarlo chissà dove.

«E Mr. Jimbo chi sarebbe in questo caso?» domandò Franpesca.

«Lo scienziato pazzo che ha messo in piedi il parco, *è ovvio*!» rispose Asta.

Continuarono a macinare ipotesi su ipotesi, sempre più fantasiose, quasi dimenticando il maleficio che aveva loro impedito di ritornare a casa sulla via della foresta, mentre Pingu, ancora in testa al gruppo, proseguiva in silenzio, pensieroso.

Non riusciva a farsi un'idea su cosa avrebbero trovato proseguendo sul sentiero, il suo unico pensiero era il *post scriptum* del misterioso messaggio che aveva ricevuto:

> SE VUOI CONOSCERE QUALCHE
> RIVELAZIONE SU TUO PADRE,
> NON MANCARE!

Poi, mentre proseguivano, a mano a mano la vegetazione si fece meno fitta, finché la luna ricomparve lassù in alto, e tutti quanti spensero le torce.

Erano giunti a una radura. All'orizzonte, in una valle poco al di sotto, c'era qualcosa che mai avrebbero immaginato di trovare lì, nel cuore della foresta.

Una **ruota panoramica** girava lenta in senso orario, il suo profilo tutto illuminato di lucine bianche. Poco più in là l'inconfondibile sagoma di una

montagna russa con una carrozza che affrontava il giro della morte a tutta velocità. C'era anche un grosso **tendone da circo** a righe gialle, rosse e blu, con la punta che svettava verso il cielo, fino a infilzare il cerchio argentato della luna. Attorno, poi, c'erano tante piccole tende. Anche da quella distanza, Pingu e gli altri riuscirono a distinguere tiri al bersaglio, pesche di peluche, tazze rotanti, e altre attrazioni da cui proveniva una musica allegra... ma che in quel momento risuonava tremendamente inquietante.

Ma la cosa più inquietante era la **gigantesca antenna** che sorgeva in cima alla collinetta all'orizzonte. Era alta come un grattacielo di venti piani, forse di più, e nonostante non fosse illuminata, o forse proprio per quello, incombeva minacciosa su tutto quanto.

I ragazzi rimasero paralizzati per un paio di minuti, gli occhi fissi sulle giostre in funzione.

Fu Pingu a rompere il silenzio: «**Quindi questo Mondo Strano è... un parco divertimenti**».

«Mi chiedo come sia possibile che non ci siamo mai accorti di nulla» disse Franpesca. «Quell'antenna è altissima! L'avremmo dovuta vedere anche dalla città».

«È vero...» mormorò Tonno.

«**Sempre che non siamo entrati in un'altra dimensione...**» disse Deku.

«Giusto, questo spiegherebbe anche perché non siamo riusciti a tornare indietro» aggiunse Asta.

Pingu scosse la testa. «Mi dispiace, ragazzi. Forse non avrei mai dovuto dar retta a quel messaggio... ora vi ho trascinati in un bel guaio».

«Stai scherzando?!» esclamò Franpesca. «**Noi siamo amici, ed è soprattutto nei momenti più difficili che dobbiamo restare uniti.** Vero, ragazzi?»

Deku, Asta e anche Tonno annuirono decisi.

Qualunque cosa fosse successa, sarebbero rimasti al fianco di Pingu.

Insieme, si avviarono giù per la discesa.

Le varie attrazioni erano circondate da un'altra recinzione, ma stavolta non c'era un cancello da superare, bensì una lunga serie di tornelli.

«E adesso dove prendiamo i biglietti?» chiese Franpesca, sempre preoccupata di fare tutto secondo le regole.

«Biglietti, dici...? Mpf, guardate qua!» disse Deku trotterellando allegro verso i varchi.

CIRCO
RUOTA

FECE PER SCAVALCARNE UNO, MA UNA FORZA INVISIBILE LO SCARAVENTÒ INDIETRO, FACENDOLO RIMBALZARE A TERRA.

«Ahia!» si lamentò.

«Mi sa che non è stata una buona idea, vero?» commentò Franpesca con un sorrisetto. «**Sarà meglio cercare una biglietteria**» aggiunse, guardandosi intorno.

«Quello non è un box informazioni?» fece poi, indicando una piccola costruzione bianca che sorgeva alla fine della lunga serie di tornelli.

Sulla sua sommità troneggiava un'insegna con su una grossa 'I' mentre al suo interno... sembrava esserci qualcuno!

«Forza, andiamo!» disse Pingu.

Ma si fermò, solo qualche istante dopo, quando si rese conto che dentro a quel baracchino non c'era *qualcuno*... bensì *qualcosa*.

L'essere al di là del vetro aveva sì un volto incorniciato da un caschetto arancione, orecchie un po' appuntite da cui pendevano vistosi orecchini dorati, e anche delle braccia che terminavano in mani con cinque dita ciascuna, tutte piene di anelli colorati.

**MA TUTTO,
IN QUELL'ESSERE,
ERA FATTO DI METALLO.**

D'improvviso, l'**automa** aprì la bocca e Tonno sobbalzò per lo spavento.

«Mi chiamo Madame Sophie...» disse con una voce robotica, inclinando appena la testa.

A Pingu sembrò addirittura di vedere le labbra piegarsi in un sorriso.

«**... E sono qui per rispondere a tutte le vostre domande!**» proseguì l'automa. «Volete per esempio sapere cos'è Mondo Strano, chi è Mr. Jimbo, come ottenere dei biglietti per entrare... chiedete, chiedete, chiedete!»

CAPITOLO 5

SFIDA ALL'ULTIMO GOL

Asta sembrava non aspettare altro, e cominciò a mitragliare l'automa di domande: «Quello è il tuo colore naturale di capelli?», «Parli proprio così o hai l'autotune?», «Ti chiami 'Madame' perché sei fatta coi pezzi caduti dalla torre Eiffel?»

Franpesca si portò una mano alla fronte e scosse la testa sconsolata, mentre l'automa, con la sua voce metallica, rispondeva paziente a ogni domanda: «Mi dispiace, non so come rispondere», «Mi dispiace, non so cosa sia 'autotune'», «Mi dispiace, non conosco l'origine del mio nome».

Per fortuna non avevano solo tre domande a

disposizione come col genio della lampada, altrimenti le avrebbero già sprecate tutte.

ERANO VENUTI PER CAPIRE CHI FOSSE MR. JIMBO, ED È QUESTO CHE AVREBBERO DOVUTO CHIEDERE.

Franpesca fece per formulare la domanda, ma Deku fu più rapido di lei.

«Madame Sophie, come otteniamo i biglietti?» domandò, ansioso di entrare nel parco e soprattutto di prendersi una rivincita contro quei maledetti tornelli.

Gli occhi dell'automa si allargarono per un istante di un millimetro o due, come se fosse contenta di ricevere una domanda a cui, finalmente, era in grado di dare una risposta.

«**Ci sono due modi per ottenere i biglietti d'ingresso a Mondo Strano**» cominciò a spiegare l'automa. «**Uno, li potete acquistare**».

«E quanto costano?» chiese Pingu infilando una mano in tasca alla ricerca di qualche moneta.

Ma quando Madame Sophie rivelò la cifra a Pingu per poco non precipitò la mascella. Con quei soldi avrebbe potuto comprare... il nuovo tablet Techno 13 XL-Pro!

Nessuno di loro ce li aveva.

«Costosino l'ingresso a questo Mondo Strano...» commentò Asta con un'alzata di sopracciglia. «E l'altra opzione qual è?»

«**Due, potete vincerli superando la Sfida delle Reti**» rispose Madame Sophie con il suo tono monocorde che non tradiva nessuna emozione... ma d'altronde gli automi *non* hanno emozioni!

«In cosa consiste?» domandò Franpesca.

Madame Sophie fece schioccare le dita di ferro e i cinque ragazzi avvertirono come dei lampi alle loro spalle.

Quando si voltarono **la valle si era trasformata in uno strano campo da calcio** con il manto d'erba di un turchese acceso e una porta soltanto. Per ultimo si materializzò un pallone a scacchi gialli, rossi e blu, i colori del tendone da circo che sorgeva al centro del parco di divertimenti.

Riprendendo la domanda di Franpesca, Madame Sophie continuò: «**Dovrete calciare il pallone**

e farlo arrivare nella rete. Ognuno di voi avrà tre tiri a disposizione».

Deku gongolò: «Un gioco da ragazzi». Lui, infatti, a calcio era un campione.

«Ma attenzione» riprese l'automa, «se anche segnaste tutte le volte, questo non sarà sufficiente a totalizzare i punti necessari a vincere i biglietti!»

«Punti?!» esclamò Deku.

Madame Sophie fece di nuovo schioccare le dita, e davanti alla porta comparvero tre grossi cerchi fiammeggianti.

Un altro schiocco di dita, e comparve anche un tabellone illuminato:

GOL	10 PUNTI
GOL + 1 CERCHIO	40 PUNTI
GOL + 2 CERCHI	100 PUNTI
GOL + 3 CERCHI	200 PUNTI
1 CERCHIO	10 PUNTI
2 CERCHI	50 PUNTI
3 CERCHI	80 PUNTI
TOTALE:	0000 PUNTI

«Se, sommando i risultati di tutti voi, otterrete **mille punti**, vi consegnerò cinque biglietti d'ingresso a Mondo Strano... altrimenti non ve ne darò neanche uno!» concluse Madame Sophie. «Chi comincia?»

«Io, io!» disse Tonno.

Tutti si voltarono stupiti: di solito l'amico non era mai così intraprendente. La verità era che non avrebbe mai retto la tensione di essere l'ultimo a tirare, magari con la responsabilità di segnare il gol decisivo.

Si diresse a passi lenti verso la base bianca su cui era posato il pallone e si mise a studiare i cerchi davanti a lui.

Poi indietreggiò per prendere la rincorsa, quando Madame Sophie si rianimò e disse: «Dimenticavo... così è troppo facile!»

Fece schioccare le dita un'altra volta e **i tre cerchi fiammeggianti iniziarono a volteggiare** piano dal basso verso l'alto e viceversa.

Per far passare il pallone in mezzo a tutti e tre i cerchi, e in più mandarlo anche in rete, bisognava attendere il momento in cui i cerchi erano allineati, **dosare bene la forza**, la traiettoria, insomma... era impossibile!

Nel silenzio di tutti, Tonno fece di nuovo qualche passo indietro, più agitato che mai, prese la rincorsa e calciò.

Il pallone passò attraverso il primo cerchio, ma poi deviò a destra finendo ben fuori dalla rete!

«Bravo, Tonno!» lo incoraggiò Franpesca. «Hai fatto già dieci punti! E hai ancora due tiri!»

Quel complimento inaspettato dalla ragazza dei suoi sogni lo mandò nella confusione più totale, e quei dieci furono i soli punti che totalizzò nei suoi tre tiri.

In altre situazioni, Asta avrebbe perlomeno fatto una battuta, ma adesso **la tensione era alle stelle...** e soprattutto cominciava a temere di non riuscire a far tanto meglio dell'amico.

Dopo Tonno, fu il turno di Deku.

Il ragazzo lanciò lo zainetto ad Asta, che lo afferrò al volo, e poi si precipitò verso il pallone.

«Oh no!» urlò quando lo vide schizzare verso la luna piena.

Aveva colpito troppo forte...

ZERO PUNTI!

Andò meglio coi tiri successivi, che gliene fecero guadagnare novanta.

Ora erano a centodieci: ne mancavano ancora ottocentonovanta per raggiungere l'obiettivo. Ed erano *tantissimi*!

Alla fine tornò a occhi bassi verso gli altri, passando il testimone al cugino Asta.

Asta non andò per nulla male, riuscì persino a fare un gol e a centrare due cerchi di fuoco ma, anche con le sue prodezze, il gruppo era fermo a duecentodieci punti.

Pingu ne totalizzò altri centonovanta, arrivando a un totale di quattrocento.

I ragazzi si lanciarono degli sguardi sconsolati. Non ci voleva un prodigio della matematica per capire che adesso **solo un miracolo avrebbe permesso di ottenere i biglietti!**

E quel miracolo era tutto sulle spalle di Franpesca, che si diresse verso la base bianca con lo sguardo pietrificato dall'agitazione.

Il pallone, come era successo dopo ogni tiro, si rimaterializzò ai suoi piedi, pronto per essere ricalciato.

Lei piantò lo sguardo nell'obiettivo, i suoi occhi sembravano due scanner a raggi laser.

tre cerchi
80
TOTALE
600

Poi prese una piccola rincorsa...
calciò il pallone...
... che passò nel primo cerchio...
... poi nel secondo...
... nel terzo...
... e alla fine...
... entrò nella porta!

Pingu, Asta, Deku e Tonno esultarono: «Grandeee!», mentre sul tabellone i punti salivano a seicento.

La fronte di Franpesca, ora, era imperlata di sudore, e nel suo sguardo si era acceso come un fuoco.

Fece il secondo tiro e, ancora una volta, il pallone passò attraverso i tre cerchi per poi infilarsi nella rete.

E così anche al terzo tiro.

Altri duecento punti per un totale di... ***MILLE!***

A quel punto numeri e lettere sul grosso tabellone si tinsero di mille colori, a intermittenza, come le luci su un albero di Natale. Nell'aria partì un motivetto trionfante e una pioggia di coriandoli si riversò sulle teste dei cinque amici, che ora si abbracciavano forte. Poi Deku prese in braccio Franpesca e, con l'aiuto degli altri, la lanciò in aria.

Ce l'avevano fatta e, inutile girarci attorno, era tutto merito suo!

CAPITOLO 6

LA STORIA DI MR. JIMBO

L'automa consegnò ai cinque amici i loro biglietti d'ingresso, augurando: «Benvenuti a Mondo Strano... divertitevi!»

Ora, però, **quel messaggio non faceva più così paura**. Deku fu il primo ad agguantare il suo, e stava già per fiondarsi ai tornelli quando Franpesca lo afferrò per il colletto della t-shirt. «**Dove credi di andare così in fretta?**»

«A divertirmi! Non hai sentito cos'ha detto Madame Sophie?!» rispose Deku cercando di liberarsi dalla presa dell'amica.

«Prima vogliamo sentire la storia di Mondo Strano e del suo creatore, non è vero?» disse cercando con lo sguardo l'approvazione degli altri.

Pingu annuì, e così anche Tonno e Asta. Alla fine, con un sospiro, si arrese anche Deku.

Franpesca si voltò verso l'automa. «Puoi raccontarci questa storia, Madame Sophie? Siamo tutto orecchi!»

Il fantoccio roteò la testa su se stesso (chissà, forse era uno strambo modo per schiarirsi la voce?!), quindi cominciò: «Mettetevi comodi, ragazzi, perché questa è una lunga, luuunga storia!»

Deku sbuffò, mentre si sedeva sul prato, un po' come quando da piccolo andava a vedere con mamma e papà lo spettacolo itinerante dei burattini.

«**C'era una volta un giovane uomo che aveva un unico, grande desiderio: far divertire le persone!**» iniziò Madame Sophie. «Si vestiva da clown, esibendosi in mille giochi buffi per far sbellicare i bambini dalle risate e strappare anche qualche sorriso agli adulti. Se c'era una festa, lui era lì, a far baccano più di tutti gli altri. Questo giovane uomo, lo avrete già capito, si chiamava... **Mr. Jimbo!**»

Gli anni passarono, proseguì a raccontare l'automa, e mentre tutti i suoi coetanei indossavano giacca e cravatta per rinchiudersi ogni giorno in qualche ufficio dalle pareti bianche, Mr. Jimbo (guai a togliergli quel soprannome!) continuava a vestirsi di tutti i colori dell'arcobaleno.

'PERCHÉ LA MIA VITA NON PUÒ ESSERE SEMPRE UN GRAN DIVERTIMENTO PER ME E PER GLI ALTRI?' SI CHIEDEVA.

E fu così che decise di provare a realizzare un sogno: costruire un mirabolante parco giochi proprio lì, vicino alla città dov'era nato e dove aveva imparato a ridere, in cui tutti quanti potessero per qualche ora dimenticare i problemi che avevano a casa o al lavoro e semplicemente... divertirsi!

Chiese i permessi necessari al sindaco, andò in banca a parlare di finanziamenti con signori in giacca e cravatta dentro uffici tutti bianchi, e alla fine il suo sogno si realizzò: Mondo Strano venne inaugurato in un pomeriggio di primavera, mentre i fiori dei ciliegi riempivano l'aria e il sole ancora tiepido rendeva i colori del suo parco ancora più brillanti.

«Per anni, cari ragazzi, Mondo Strano fu un enorme successo. Oh, quanti biglietti hanno consegnato queste mie mani!» cinguettò Madame Sophie, muovendo le sue dita davanti a sé come le zampe di un ragno robotico.

A quella vista, Tonno ebbe un brivido di paura.

«**Tutti amavano Mondo Strano**» continuò a raccontare Madame Sophie. «E presto la voce di quel luogo magico in mezzo a un bosco, dove dimenticare ogni problema, si sparse nei paesi vicini e poi all'intera regione. Nei fine settimana c'era così tanta gente che all'ingresso si creavano file interminabili... allora Mr. Jimbo decise che era arrivato il momento di ampliarlo, erigere nuove attrazioni, migliorare quelle già esistenti, e tutto questo senza mai aumentare il costo del biglietto d'ingresso. **Non voleva arricchirsi, desiderava solo che le persone si divertissero.**

«E c'era così tanto amore a circondare Mondo Strano che, anche se nessuno se ne accorse, le giostre presero vita, infondendosi di una magia straordinaria.

«Poi, però, le persone ai tornelli cominciarono a mano a mano a diminuire.

«All'inizio Mr. Jimbo pensò che fosse colpa della stagione autunnale, quell'anno molto più piovosa del solito; poi, quando con la primavera il pubblico continuò a farsi più esiguo, si disse che forse era stato aperto un altro parco divertimenti da qualche parte, più grande e più bello di Mondo Strano. Fece ricerche a riguardo, ma non era stato inaugurato nessun altro parco in tutta la nazione.

«E alla fine, quando vide un bambino trascinato dal suo papà dentro i tornelli del parco, senza alcun entusiasmo, e con la faccia immersa in un aggeggio che aveva fra le mani, comprese cosa stava succedendo.

«**Quegli aggeggi con schermi colorati e pieni di giochi chiamati 'smartphone' gli stavano rubando l'amore delle persone**: perché attraversare una tortuosa strada in mezzo al bosco se il divertimento poteva sempre essere a portata di mano?

«Fu così, miei cari ragazzi, che Mondo Strano andò in bancarotta e dovette chiudere» concluse

CIRCO
RUOTA
TAZZE

Madame Sophie, e la sua voce robotica sembrò tradire un po' di emozione.

«**La luminosa magia nata dall'amore delle persone si tramutò in una forza magica oscura. Quella stessa magia che Mr. Jimbo utilizzò per far dimenticare a tutti dell'esistenza sua e di Mondo Strano**».

Pingu pensò a quanto sua madre gli aveva detto sulla strada alla periferia del paese: la ricordava molto più trafficata, però non riusciva a ricordare *perché*.

Ma c'era un'altra domanda che voleva porre a Madame Sophie: «E mio padre?»

«Tuo padre è passato di qua...» rispose l'automa. «Ma è tanto tempo che non lo si vede più in giro e... mmm... io non posso rispondere a domande su tuo padre, mi è stato vietato».

Pingu fissò Madame Sophie nei suoi occhi inespressivi. Lui però aveva bisogno di saperne di più.

Gli venne un'idea. «A tutte le altre domande però puoi rispondere, giusto?»

«Certo!» esclamò lei rianimandosi e facendo roteare di nuovo la testa, festosa. «Chiedete! Chiedete! Chiedete!»

«Bene, chi ti ha vietato di parlare di mio padre?»

Per un momento l'automa restò in silenzio, e Pingu temette che nella sua programmazione ci fosse un altro blocco, ma poi disse: «Mr. Jimbo in persona».

«E dove si trova Mr. Jimbo?»

Franpesca e gli altri assistevano a questo scambio di battute col fiato sospeso.

«Lo troverai nel tendone del circo» rispose Madame Sophie.

Pingu strinse gli occhi a fessura.

'Bene, Mr. Jimbo... e ora a noi!' pensò.

CAPITOLO 7

LE MILLE ATTRAZIONI DI MONDO STRANO

Pingu e i suoi amici si posizionarono di fronte ai tornelli, infilarono i biglietti all'unisono, e all'unisono **le porticine nere si aprirono per lasciarli passare** con un fragoroso: *CLIC!*

«Andiamo, ragazzi, non perdiamo altro tempo!» esclamò Pingu con lo sguardo fisso sul tendone del circo: **lì avrebbe scoperto la verità su suo padre...** forse lo avrebbe addirittura riabbracciato.

Era da due lunghi anni che non aveva più un papà, e le pareti tappezzate di poster della sua cameretta erano state testimoni delle lacrime che aveva versato. Con gli altri, persino con la mamma, cercava di mostrarsi forte, ma la verità era che papà gli era mancato e gli mancava ancora tantissimo.

AL LORO PASSAGGIO GLI AUTOMI, ABBANDONATI QUA E LÀ PER IL PARCO COME MARIONETTE SENZA FILI, SI RIANIMAVANO.

Uno cominciò a esibirsi in una serie di capriole mozzafiato davanti ai loro occhi strabiliati, un altro a camminare a testa in giù sulle braccia. **Era come un grande circo all'aria aperta**, dove tutto era così meravigliosamente... *strano*!

Un automa con abiti variopinti e riccioli azzurri si avvicinò ai cinque ragazzi, frugò nella tasca dei pantaloni per estrarne un naso rosso, e se lo piantò proprio al centro del viso.

«Chi sa dirmi qual è il colmo per un clown?» chiese con una voce metallica che ricordava quella di Madame Sophie.

«Io! Io! Io!» esclamò Asta alzando la mano. «Essere licenziato per mancanza di serietà!»

«Giusto! *AH! AH! AH!*» rispose il clown meccanico con una risata che sembrava provenire da uno di quei vecchi giocattoli che si ricaricano con un cordino.

«Questo tizio è davvero simpatico!» disse Asta. «Vediamo adesso se conosci tu il colmo per...»

«*Per favoreee!*» saltò su Franpesca esasperata. «Dobbiamo andare al tendo...» Ma non terminò la frase. Il suo sguardo era stato catturato dalla sagoma di **un gigantesco Pesca-il-Peluche**. «Ehi, ce n'era uno *identico* nel paesino dove andavamo in vacanza io, mamma e papà quand'ero piccola!»

Come attratta da una forza invisibile, vi si diresse. Oltre il vetro c'erano unicorni rosa con la coda arcobaleno, ranocchie vestite da principi, orsi *puc-cio-sis-si-mi*, cuscini con stampate su le emoticon... e in alto, che incombeva su di loro, **uno scintillante artiglio d'acciaio**.

Ora Franpesca aveva in mente un solo pensiero: 'Devo assolutamente prenderne uno'.

Ed ecco che, sul bordo esterno, **comparve una pila di gettoni dorati**. Ne prese uno, lo infilò nella fessura, e il Pesca-il-Peluche si animò di luci e suoni allegri.

Sì, le sembrava proprio di essere tornata bambina!

Le dita della sua mano destra cercarono la leva per comandare l'artiglio, che cominciò a muoversi. I suoi occhi studiarono il mucchio di peluche: forse poteva prendere l'unicorno, il suo preferito. Posizionò l'artiglio, premette il pulsante rosso, l'artiglio si aprì come un ragno, discese ad afferrare la vittima, circondò il collo del pupazzo, lo sollevò di qualche centimetro e... alla fine il peluche ricadde giù nel mucchio, mentre l'artiglio ritornava alla sua posizione iniziale.

Ma aveva ancora tanti gettoni a disposizione, poteva ancora riprovarci... in fondo, *che fretta c'era*?

A pochi passi da lei, Deku era altrettanto concentrato. Tra le mani aveva un arco, la freccia pronta per essere scoccata, e davanti a sé un tirassegno gigantesco a cerchi concentrici. Alcune frecce erano già piantate con le loro ventose nei cerchi più esterni o addirittura fuori dal tirassegno, ma lui si era ripromesso che non si sarebbe schiodato da lì finché non avesse fatto centro.

«Coraggio, scocca la freccia! Strepitosi premi ti aspettano!» esclamò l'automa dietro a un bancone. Alle sue spalle c'erano gli *strepitosi* premi di cui parlava: palloni da calcio, palloni da basket, palloni da rugby, e poi pistole ad acqua, peluche molto più grandi di quelli che nel frattempo Franpesca stava cercando di afferrare e... una cosa che i suoi genitori non gli avevano mai voluto comprare per paura che – parole loro – 'facesse venire giù i muri della casa': una batteria!

'Devo vincerla! Devo vincerla assolutamente!' pensò mentre Asta, trovato un piccolo palcoscenico, aveva messo in piedi, insieme al clown meccanico, uno spettacolo comico.

Quante volte aveva sognato di potersi esibire davanti a un pubblico che ridesse alle sue battute!

E adesso, seduti su sedie di plastica rosse piantate nel prato, una decina di automi sembravano sbellicarsi dalle risate ogni volta che lui finiva una barzelletta.

Tonno, intanto, ammirava le luci di Mondo Strano dall'interno della carrozza di un carosello. Grande e grosso com'era, ci era entrato a malapena. Ma ora che la carrozza andava dolcemente su e giù, trainata da cavalli con finimenti dorati, si sentiva cullato, come quando da piccolo papà o mamma lo prendevano fra le loro braccia.

Ah, se fosse potuto rimanere su quella giostra *per sempre...*

Anche Pingu stava sperimentando una delle tante attrazioni del parco divertimenti: con in mano una canna da pesca cercava di tirare su dei pesciolini meccanici da uno stagno. Ma c'erano così tanti ostacoli: rospi che allungavano la lingua per afferrare l'amo, mulinelli che si creavano d'improvviso nell'acqua e anche meduse dai mille tentacoli... Pingu sapeva che nella realtà le meduse non nuotano dentro gli stagni, ma poco gli importava.

Quell'attrazione era così appassionante, **non si era mai divertito così tanto** *in tutta la sua vita*.

Non gli importava più di nient'altro. Anzi, non riusciva neanche a ricordare perché fossero arrivati lì e cosa stessero cercando... e i suoi amici? Quanti erano? Come si chiamavano?

Stava dimenticando tutto, ma non era un problema. A cosa serve ricordare quando si ha già tutto quello che si desidera?

E lui desiderava soltanto una cosa: divertirsi.

Finalmente, un pesce abboccò all'amo. Pingu non perse tempo, riavvolse il filo sul mulinello, giusto prima che la coda di uno di quei maledetti

rospi la intercettasse e... il pesciolino finì tra le sue mani!

In quel momento, un ricordo gli affiorò alla mente, scuotendo i suoi pensieri come un terremoto.

Un laghetto, un laghetto *vero*, una giornata di sole, gli alberi alle sue spalle, una canna da pesca tra le sue mani, una canna da pesca *vera*, e **al suo fianco... papà**.

Lo aveva portato a pescare, era una delle sue passioni. Ma quella era stata la prima e ultima volta perché, qualche settimana più tardi, era scomparso nel nulla.

Pingu scosse la testa, si batté una mano sulla fronte.

«Ma cosa sto facendo?!» esclamò a voce alta.

Si guardò intorno. Tutti i suoi amici erano impegnati nelle loro attività, lo sguardo incantato...

Ma certo, **in qualche modo Mondo Strano li aveva incantati perché non continuassero la loro avventura.**

Pingu sollevò lo sguardo verso la punta del tendone. Ora ricordava: erano diretti lì... da Mr. Jimbo!

CAPITOLO 8

«MI PRESENTO... SONO MR. JIMBO!»

La prima che Pingu risvegliò dal torpore fu Franpesca.

Quando la ragazzina si accorse di ciò che stava facendo, esclamò: «A me non piacciono nemmeno i peluche!»

Insieme andarono a risvegliare Deku, proprio nel momento in cui la ventosa della sua freccia si piantava nel centro esatto del tirassegno.

«Ehi, secondo voi posso comunque portarmi a casa quella batteria?»

Franpesca lo fulminò con lo sguardo, trascinandolo via per il braccio.

Neanche Asta fu molto felice di essere strappato al suo pubblico di automi: «Loro ridevano alle mie battute, capite?»

«*AH! AH! AH!*» gli fece il verso Franpesca. «Vedi che a volte rido anch'io? Contento adesso?»

Deku e Pingu scoppiarono in una risata *vera*, mentre Asta si stringeva nelle spalle e commentava sconsolato: «Sono un genio incompreso della comicità... ma un giorno vedrete! Tutto il mondo riderà alle mie battute!»

«Certo, cugino...» rispose con un sorrisetto Deku, che nel frattempo sembrava aver già dimenticato la batteria.

«Ma prima andiamo a salvare anche Tonno!» soggiunse Pingu.

Non si rivelò un'impresa difficile. Fu sufficiente la voce di Franpesca a risvegliare il loro amico dall'incantesimo. Tonno l'avrebbe seguita in capo al mondo, e questo non era un segreto per nessuno.

Il gruppo, finalmente ricompattato, si diresse verso il circo, mentre dalle tende delle varie attrazioni arrivavano promesse invitanti: «Ricchi premi!», «Zucchero filato! Zucchero filato!», «Pronti a vivere il sogno più bello della vostra vita?» Ma Pingu e gli altri non si sarebbero più lasciati distrarre.

Qualche attimo dopo erano all'ingresso, e Pingu scostava il tendone per entrare.

Al centro di un'arena circolare col pavimento di terra battuta, circondata da gradinate, c'era una sediolina rossa.

E, sulla sediolina rossa, era seduto un uomo dalla figura slanciata.

Indossava una camicia tutta colorata e pantaloni neri che aderivano alle sue gambe magre. Ai piedi, stivali di pelle che gli arrivavano quasi al ginocchio, e in testa una bombetta blu. Aveva il mento appoggiato sulle mani, che a loro volta stringevano l'impugnatura a forma di mongolfiera di un bastone, conficcato nel terreno.

Quando vide entrare Pingu e gli altri, nel silenzio di quel circo deserto, appoggiò il bastone su un lato e cominciò a battere le mani, prima piano, poi sempre più rapidamente.

«**Complimenti per essere riusciti a sfuggire all'incantesimo!**» disse. La sua voce era squillante, a tratti sembrava quasi quella di un bambino. «Mi presento, io sono Mr. Jimbo!»

Pingu e gli altri rimasero immobili a osservarlo per qualche istante.

ERA TUTTO COSÌ SURREALE CHE NON SAPEVANO COSA ASPETTARSI.

Fu Pingu a parlare: «Lo sappiamo chi sei».

Mr. Jimbo strinse gli occhi a fessura. «E tu, immagino, sei suo figlio... Gli somigli, lo sai?»

Pingu strinse i pugni e fece un passo in avanti. «Dimmi cosa sai di lui, come mi hai promesso nella lettera».

Alle sue spalle i suoi amici fecero di sì con la testa.

«Calma, ragazzi... adesso vi racconto tutto, ma *a modo mio*» rispose Mr. Jimbo. «**Accomodatevi, lo spettacolo sta per cominciare**».

«Quale spettacolo?!» sbottò Deku.

«Ve l'ho detto, ragazzi. Con calma ora scoprirete tutto».

Dall'entrata in fondo, fecero il proprio ingresso alcuni automi, del tutto simili a quelli che già avevano incontrato in giro per il parco.

Poi, come per magia, dal soffitto calò un fondale scenografico. Rappresentava proprio Mondo Strano, tutto illuminato. Gli automi si lanciarono in acrobazie ancora più spettacolari di quelle che Pingu e gli altri avevano visto.

«Madame Sophie forse ve lo ha già raccontato... **un tempo Mondo Strano era un parco divertimenti di successo**» esordì Mr. Jimbo alzandosi in piedi e facendo roteare il suo bastone nell'aria per poi riafferrarlo con un gesto deciso.

Mentre gli automi acrobati danzavano intorno a lui, camminando in cerchio **Mr. Jimbo ripercorse tutta la storia del parco, fino al momento in cui aveva gettato un incantesimo affinché tutti si dimenticassero della sua esistenza**.

«Solo una persona non cadde vittima di questo incantesimo...» disse, fermandosi di nuovo al centro dell'arena.

«Papà...» mormorò Pingu con gli occhi lucidi.

«Esatto, tuo padre» riprese Mr. Jimbo sedendosi.

Il fondale scenografico scomparve, gli automi si accasciarono dolcemente a terra, e il circo sprofondò di nuovo nel silenzio.

MO
N
D
O

N
S
A
R
T

La voce squillante di Mr. Jimbo ora aveva un che di inquietante.

«Tuo padre ha continuato a cercare Mondo Strano per molti mesi. Ne aveva soltanto un ricordo vago, e poi la foresta ormai lo aveva circondato nascondendolo agli occhi del mondo... ma alla fine riuscì a trovarlo, riuscì a *trovarmi*. E vuoi sapere quando è accaduto?»

«Due anni fa...» rispose Pingu con un filo di voce.

Proprio quando suo padre aveva cominciato a fare quelle strane passeggiate serali, per poi scomparire.

«Ci sedevamo esattamente qui, sulle gradinate del circo» continuò Mr. Jimbo «e facevamo lunghe chiacchierate. **Lui mi raccontava che, grazie alla tecnologia, avremmo potuto far risorgere insieme questo posto**, che grandi e piccoli avevano tanto amato. Ma io non ero d'accordo, non potevo permettere che proprio ciò che aveva mandato in bancarotta il mio parco entrasse a far parte di Mondo Strano».

«E allora cosa hai fatto a mio padre?» gridò Pingu con gli occhi sbarrati.

«Non ti preoccupare, piccolo. Non ho torto un capello a tuo padre, anche perché ho subito compreso che mi avrebbe potuto aiutare... ma non nel modo in cui pensava lui».

Pingu scosse la testa. Non capiva.

«In questi due anni in cui è stato *mio gradito ospite...*»

Asta lo interruppe: «Non rubarmi il mestiere! E poi non fai per niente ridere...»

«Sì, non è stato tuo ospite: lo hai rapito, vero?» intervenne Deku.

«Calma, calma, ragazzi... non vi scaldate!» rispose Mr. Jimbo mentre Pingu lo fissava con uno sguardo di sfida. «Tuo padre» riprese voltandosi verso di lui «aveva un compito troppo importante da portare a termine, non potevo permettere che tornasse a casa».

«Quale compito potrebbe essere più importante di riabbracciare sua moglie e suo figlio?» domandò Tonno, prendendo coraggio e guadagnandosi uno sguardo di ammirazione da parte di Franpesca.

«Progettare per me un **virus informatico**» rispose Mr. Jimbo.

«Un virus?!» chiesero Pingu e gli altri all'unisono.

E Franpesca aggiunse: «A quale scopo?»

Mr. Jimbo stirò le labbra in un sorriso inquietante.

«Lo scoprirete... *forse*».

CAPITOLO 9

UNA PRIGIONE DI SPECCHI

Pingu prese la parola. «Qualunque cosa tu abbia in mente, noi ti fermeremo!»

«Ah sì, e come?» scoppiò a ridere Mr. Jimbo.

Poi fece schioccare le dita e d'improvviso Pingu sentì delle **corde invisibili** stringerglisi attorno alle caviglie e sui polsi.

Non era l'unico, perché quando lanciò uno sguardo in direzione dei suoi amici, li vide dimenarsi contro un nemico invisibile.

Un attimo dopo, Mr. Jimbo batté le mani. Un unico colpo sordo e i cinque amici vennero come risucchiati all'indietro verso l'ingresso del telone, e quindi fuori tra le attrazioni di Mondo Strano, a una tale velocità che non riuscivano a capire dove si stessero dirigendo.

Lo scoprirono solo all'ultimo, quando si ritrovarono scaraventati al centro di una sala tutta circondata di specchi, e la porta, un secondo più tardi, si richiuse con un sonoro ***SBAM!***

Prima ancora che i ragazzi riuscissero a rialzarsi da terra, **la voce di Mr. Jimbo risuonò all'improvviso fra gli specchi con un'eco inquietante**.

«Ora che sapete la verità sul mio piano, non posso certo lasciarvi andare, almeno finché il virus non sarà pronto per essere lanciato! A quel punto, ve lo prometto, vi lascerò liberi di godervi lo spettacolo... intanto godetevi la mia **Casa degli Specchi**!»

La comunicazione si interruppe.

«Dobbiamo uscire da qui!» disse Franpesca iniziando a guardarsi attorno. «Alla fine non sarà altro che un semplice labirinto di specchi. Ne ho affrontati un sacco, da bambina!»

«Magari dovremmo solo... metterci a *riflettere*!» disse Asta, e quando vide che nessuno si mise a ridere aggiunse: «Non l'avete capita? Specchio... riflesso... riflettere...»

Questa volta persino Deku lo trafisse con un'occhiataccia.

«Non c'è proprio niente da ridere!» ribatté, poi rivolto a Franpesca: «Allora, dove andiamo?»

«Mmm... proviamo a prendere questo corridoio».

«Stiamo attenti! Non dimentichiamoci però che questo parco divertimenti è stregato...» intervenne Pingu.

«S-sì, infatti...» balbettò Tonno.

«Siate fiduciosi!» esclamò Franpesca. «Seguitemi».

Si avventurarono per un corridoio, e poi per un altro e un altro ancora, mentre le loro immagini venivano riflesse dappertutto, anche sul soffitto.

Girarono a vuoto per alcuni minuti, quando Franpesca fece un sospiro. «Probabilmente c'è qualcosa che ci sfugge... forse un passaggio segreto!» Non si arrendeva al fatto di poter perdere contro una Casa degli Specchi.

Si avvicinò a una delle superfici e provò a spingerla con una mano.

Ma ecco che...

«Attenta!» gridò Tonno fiondandosi su di lei per spingerla di lato.

«Ehi, che fai?» strillò lei.

Le parole, però, le si spensero sulla lingua quando, rialzando gli occhi, vide che **la superficie dello specchio si stava deformando, come fosse fatta di mercurio liquido**.

LÌ, DENTRO ALLO SPECCHIO, C'ERA QUALCOSA: UNA CREATURA... UN MOSTRO!

Tutti lo fissarono atterriti.

Era un'enorme bolla bianca, con occhi piccoli e neri, fauci spaventose e braccia che terminavano in artigli taglienti.

Un braccio si allungò verso Tonno, rimasto in piedi a pochi passi dallo specchio, e questa volta fu lei, gettandoglisi contro, a salvare l'amico. Insieme, ruzzolarono contro un altro specchio.

«Attenti!» urlò Pingu, mentre anche quello cominciava a deformarsi.

Guardò in direzione dell'altro specchio, e lì non vide più nulla. Questo significava una cosa soltanto: il mostro si era spostato da una superficie all'altra, e lo aveva fatto a una velocità supersonica.

Tonno e Franpesca saltarono all'indietro, sfuggendo solo per un soffio al nuovo attacco del mostro.

Il terribile volto deforme riapparve proprio dietro Asta. Lui tirò una gomitata ed esclamò: «Beccati questo, brutto specchiaccio, visto che *riflessi pronti*?»

Franpesca era talmente agitata che scoppiò in una risata nervosa.

«Finalmente ce l'ho fatta a farti ridere!» esclamò Asta, un attimo prima di lanciarsi in una capriola in avanti per evitare le fauci della creatura, che si richiusero con uno **SDENG!**

«Non ti illudere! Non capiterà mai più!» disse Franpesca cominciando a correre. «In questo corridoio siamo troppo vicini agli specchi, non abbiamo scampo... torniamo nella sala iniziale e pensiamo al da farsi»

Una volta lì, mentre il mostro provava ad allungarsi verso di loro coi suoi colpi spaventosi senza raggiungerli, Deku aprì il suo zainetto.

«Ho le fionde!» esclamò, lanciando la prima ad Asta insieme a un sacchetto pieno di biglie.

Nel giro di venti secondi erano tutti quanti attrezzati.

Il primo a tirare fu Pingu, che centrò il mostro nell'occhio sinistro. La biglia sembrò affondargli nella pelle (chissà di che materiale era fatta?), ma un attimo dopo eccola risputata fuori.

«Magari il suo punto debole è un altro!» disse Deku avvicinandosi per provocarlo.

Il mostro spalancò le fauci, facendo uscire una nuvola di fiato nauseabondo.

Resistendo a quella puzza tremenda, il ragazzino puntò la fionda già caricata, e scoccò il colpo. La biglia entrò nella bocca della creatura, ma il risultato fu lo stesso: un attimo dopo rotolava sul pavimento.

Non ebbero molto più successo né Deku né Franpesca. Lui provò a centrare l'occhio destro, lei il punto in cui si sarebbe trovato il naso, se il volto del mostro non fosse stato perfettamente sferico.

«Ci provo io!» disse Tonno.

Il ragazzo cercò di tenere ben salda la fionda nella mano sinistra (ma la verità è che tremava come una foglia!), chiuse un occhio per prendere meglio la mira, e poi, chiudendo anche l'altro, tirò.

Come in una scena al rallentatore, i suoi amici osservarono la biglia schizzare... ben al di sopra della testa del mostro!

Con un *CRASH* fragoroso, la parete di vetro si frantumò in mille pezzi, e il mostro riapparve su un'altra.

Tonno fece un sospiro sconsolato. «Che disastro...»

«Macché disastro!» esclamò Franpesca. «Sei un genio!»

«Un genio?!» saltò su Asta.

«Ma certo, non capite? Franpesca ha ragione» disse Pingu. «Se distruggiamo tutte le superfici, il mostro non avrà più dove rifugiarsi!»

Fu come lanciare **un grido di battaglia**.

I cinque amici cominciarono a tirare colpi a destra e sinistra: ***CRASH! CRASH! CRASH!***

Quando rimase in piedi una sola parete di specchio, Tonno disse: «Questa lasciatela a me!»

Stavolta la fionda era davvero ben salda nella sua mano sinistra, e l'occhio chiuso a prendere la mira. La biglia partì e... Con un altro *CRASH*, l'ultimo, anche l'ultimo specchio cadde giù.

Dai suoi frammenti si sollevò un vapore bluastro, e ai ragazzi sembrò di risentire il ruggito del mostro, lontanissimo, come se provenisse da un'altra dimensione.

Ne erano sicuri, non sarebbe più tornato a disturbarli.

CAPITOLO 10

LE TRE CHIAVI

Con tutti gli specchi in frantumi, non fu difficile individuare la porta di uscita. Tonno la buttò giù con una spallata ben piazzata.

Ritrovarsi all'aria aperta, tra le giostre di Mondo Strano e la luna piena che brillava nel cielo, fu come tornare a respirare dopo essere stati a lungo sott'acqua.

Era tutto come quando erano arrivati: le luci colorate a intermittenza, le musichette allegre che uscivano dagli altoparlanti, gli automi impegnati in piroette tra un'attrazione e l'altra.

Tutto o *quasi*, perché la grande antenna in cima

alla collinetta era adesso circondata da uno strano **bagliore rosato**, mentre dall'interno del tendone del circo, al contrario, non proveniva più alcuna luce.

«Forse Mr. Jimbo non è più lì» ipotizzò Asta.

«E ci credo, se la sarà data a gambe levate quando ha visto di cosa siamo capaci!» saltò su Deku.

«Siamo i più fortiii!» strillò il cugino stringendo il pugno.

«Smettetela di fare i pagliacci!» sbottò Franpesca. «La nostra missione è appena cominciata. Ora dobbiamo scoprire dov'è tenuto nascosto il papà di Pingu!»

Il ragazzo fece di sì con la testa, gli occhi socchiusi in un'espressione concentrata.

«Già, ma dove cercare?» disse a voce bassa, come fra sé e sé.

I suoi occhi, intanto, passavano in rassegna le già tantissime attrazioni di Mondo Strano. Era come 'cercare un ago nel pagliaio'.

Sua mamma usava quell'espressione quando doveva ritrovare i calzini spaiati che lui spargeva per tutta casa, e ora il pensiero di lei gli diede forza.

'No, non posso arrendermi!' pensò.

Ed ebbe un'idea.

«C'è qualcuno, qui, che può rispondere a tutte le nostre domande, giusto?»

Gli altri sorrisero.

«**Madame Sophie!**» dissero in coro.

«Ora puoi dirci dove si trova mio padre?»

Pingu sperava che, dopo il confronto con Mr. Jimbo e dopo quanto era accaduto nella Casa degli Specchi, Madame Sophie avesse cambiato idea.

Ma si era dimenticato che Madame Sophie era un automa e, tecnicamente, non poteva cambiare idea.

«Mi dispiace, mi è vietato rispondere a domande riguardanti tuo padre... te l'ho già detto!» rispose infatti.

«Giusto, giusto...» disse Pingu.

Doveva aggirare questo blocco, forse gli era sufficiente non nominare papà.

«**C'è qualcuno tenuto prigioniero in questo parco?**» chiese dopo averci riflettuto un po'.

L'automa emise un gracchiare confuso, poi ammise: «Sì».

Pingu si voltò verso gli altri con uno sguardo euforico: stava funzionando!

«E questo *qualcuno* dove è tenuto prigioniero?»

Di nuovo quel gracchiare. Forse Madame Sophie si era accorta che Pingu si stava prendendo gioco di lei, ma non poteva fare a meno di rispondere a delle domande, perché era proprio per questo che era stata programmata dalla magia di Mondo Strano.

«**Nella Casa Stregata!**»

'Bingo!' pensò Pingu mentre i suoi amici si lanciavano sguardi trionfanti.

Ma di sicuro non poteva essere tutto così facile, si disse poi.

«È un posto pericoloso?» domandò.

«Molto pericoloso».

«Come mai?»

«È una Casa Stregata, cosa ti aspettavi?»

Madame Sophie non poteva cambiare idea, ma evidentemente sapeva cos'era il sarcasmo!

«Come posso aggirare i suoi pericoli?»

«Non mi è concesso rovinare il divertimento delle attrazioni di Mondo Strano!» replicò l'automa. Poi aggiunse: «E comunque prima dovrai riuscire a entrarci!»

«La porta è chiusa?» intervenne Franpesca.

«Chiusa a *chiavi*».

«Chiusa a *chiave*, vorrai dire...»

«No, proprio a *chiavi*. **Servono tre chiavi per aprire la porta della Casa Stregata**».

La questione cominciava a farsi decisamente più complicata del previsto. Pingu aveva il sospetto che recuperare queste tre chiavi non sarebbe stata una passeggiata.

«Dove si trovano?» chiese Deku.

«Sì, dove si trovano?» gli fece eco Asta.

«Una risposta per volta, prego» disse Madame Sophie col suo tono monocorde.

«Okay... dove si trova la prima chiave che serve per aprire la porta della Casa Stregata?» domandò Asta scandendo bene le sillabe con tono esasperato.

«**La prima chiave che serve per aprire la porta della Casa Stregata**» ripeté l'automa «**si trova nella pista da go-kart ed è una chiave blu**».

Una era andata.

Dovettero riformulare per bene ogni volta la domanda per scoprire che la seconda e la terza chiave, rispettivamente **rossa** e **verde**, erano custodite nella **ruota panoramica** e sulle **montagne russe**.

Franpesca fece un passo indietro, si esibì in un piccolo inchino e infine disse: «Grazie, Madame Sophie, sei stata molto gentile!»

Tonno la imitò subito: «Sì, grazie, Madame Sophie...»

E poi, tutti insieme, gli altri tre: «Grazie, Madame Sophie».

L'automa emise di nuovo quel gracchiare confuso: che si fosse... emozionata?

Ma non c'era tempo da perdere.

AVEVANO TRE CHIAVI DA RECUPERARE, UN PAPÀ DA TROVARE E UN MONDO DA SALVARE DA UN MISTERIOSO VIRUS INFORMATICO.

CAPITOLO 11

SFIDA AD ALTA VELOCITÀ

«Quanto manca?» si lamentò Asta.

Stavano camminando già da dieci minuti buoni e, della pista di go-kart, neanche l'ombra.

«Ci dovremmo quasi essere» rispose Franpesca che, dopo aver consultato la mappa, aveva come al solito preso le redini del gruppo.

Mondo Strano, avevano scoperto, era molto più grande di quanto non fosse loro parso all'inizio. Era come un villaggio. **Uno straordinario, coloratissimo villaggio.**

Avventurandosi nel cuore del parco, Pingu e i suoi amici si erano imbattuti in piazzette con fontane, chioschi che vendevano gelati, zucchero filato o popcorn dolci e salati, e poi ancora negozi di gadget straripanti di cappelli, magliette, peluche, tazze con su stampata la faccia di Mr. Jimbo, occhiali da sole a forma di tendone di circo... per non parlare delle attrazioni.

Qualsiasi cosa la fantasia di un bambino potesse produrre, lì c'era: galeoni pirata che ruotavano su se stessi, canoe che si lanciavano giù a rotta di collo lungo percorsi acquatici, navi spaziali che schizzavano su verso il cielo a tutta velocità... Pingu non riusciva a credere che la gente si fosse stancata di un posto simile.

Poi pensò che anche lui, a volte, passava tutto il pomeriggio a giocare con lo smartphone, e un po' gli dispiacque per Mr. Jimbo e il suo sogno infranto.

Solo un po' però, perché quell'individuo aveva rapito suo padre e aveva in mente chissà quale vendetta. Andava fermato al più presto.

I suoi pensieri furono interrotti dall'annuncio di Franpesca: «Ragazzi, ancora una svolta e... eccoci qua!»

Un arco sormontato da un'insegna che recitava 'Corse Pazze' portava all'interno di una pista che, più che di go-kart, sembrava di Formula Uno, tanto era grande!

In lontananza scorsero un ponticello, delle collinette, dei grossi coni arancioni che restringevano la carreggiata... un percorso parecchio movimentato insomma!

«La chiave blu dove sarà?» chiese Deku.

«Bella domanda...» rispose Pingu. «Però guardate, lì c'è qualcosa».

Su un lato della pista, infatti, sorgeva una piccola costruzione, forse una stazione per il pit-stop e il cambio gomme.

Vi si diressero, mentre Asta commentava a voce alta: «Certo che la manutenzione dell'asfalto lascia un po' a desiderare, avete visto quante buche?!»

A rispondergli fu una voce profonda ma allegra, una voce che sarebbe potuta benissimo uscire dalla bocca di Babbo Natale.

A parlare, invece, era stata una creatura gigantesca, una sorta di uomo delle nevi ma col pelo completamente azzurro.

«Niente più corridori, niente più manutenzione!» disse comparendo sulla porta del piccolo edificio. «Ah, come mi manca gareggiare!» aggiunse con un sospiro sconsolato. «Ma scusate, non mi sono neanche presentato: **sono Blue Speed, e Corse Pazze è il mio regno!**»

Pingu e gli altri si erano fermati a fissarlo sbalorditi. Ma di cosa dovevano stupirsi, ormai? Erano a Mondo Strano!

Poi la creatura spalancò gli occhi ed esclamò: «A proposito, vi va di gareggiare con me?»

«Ehm, no grazie» si affrettò a rispondere Tonno, che sentiva già odore di guai. Le emozioni alla Casa degli Specchi gli erano bastate... e avanzate.

«Cosa vinciamo se ti battiamo?» chiese Franpesca.

«Questa...» rispose Blue Speed, facendo emergere dal soffice pelo azzurro una collanina.

Il ciondolo... era una CHIAVE BLU!

«Accettiamo la sfida!» esclamò Pingu deciso.

«Bene bene, le regole sono semplici...» disse la creatura. «Non ci sono regole! Tranne una, ovviamente: vince chi per primo taglia il traguardo. E ora non perdiamo altro tempo, tutti alle vetture!»

Quando i cinque amici si voltarono verso la pista, sulla linea di partenza erano posizionati cinque go-kart, l'uno diverso dall'altro.

«Io prendo la navicella spaziale!» esclamò Asta fiondandosi verso una sorta di Ufo in miniatura.

Franpesca salì a bordo di una macchina a forma di cigno, Deku su una piccola caravella con ruote, Tonno su una motocicletta con davanti una testa di tigre, mentre Pingu su una decappottabile in miniatura rosso fiammante.

«**Ragazzi, è meglio di un videogioco!**» esclamò Deku, studiando il timone con cui avrebbe comandato la sua piccola nave su ruote. Ai lati c'erano due leve, una per accelerare e l'altra, di sicuro, per frenare.

Per ultima apparve la vettura di Blue Speed: una specie di trattore con gomme larghissime, il cui motore faceva un frastuono infernale.

«Tutti pronti?» chiese.

A quel punto, sopra le loro teste comparve un conto alla rovescia:

TRE... DUE... UNO... VIA!

Deku partì a razzo con la sua caravella, le vele gonfie come una metà di palloncino.

«È fantasticooo!» strillò con le mani strette sul timone e lo sguardo concentrato sulla strada, quando all'orizzonte gli apparve qualcosa: blocchi luminosi con all'interno degli oggetti...

«Ragazzi, lì ci sono dei power up!» strillò ancora più forte. «Corriamo a prenderli: **PISTAAA!**»

Ma proprio in quell'istante, le ruote sottili della sua vettura presero una delle tante buche che costellavano il percorso, e la caravella spiccò un **balzo stratosferico**... che si concluse in uno schianto altrettanto stratosferico.

I tanti pezzi di legno sparsi qua e là e il timone che rotolava verso l'erba a lato della pista annunciavano che, per Deku, la gara finiva lì.

Proseguiva però per tutti gli altri.

Il trattore di Blue Speed, partito più lentamente, ora stava acquisendo sempre più velocità, mentre Pingu e gli altri si affrettavano ad accaparrarsi qualche power up.

Franpesca prese **una boccetta con dentro del liquido arancione e la scritta 'Turbo'**.

«Che cosa devo farci?» urlò a Pingu, che invece era riuscito ad afferrare un razzo colorato.

«Qui davanti, sulla mia macchina, ci sono delle fessure e degli alloggi!» rispose lui strillando a più non posso per farsi sentire.

«Anche sulla mia!» esclamò Franpesca.

Svitò la boccetta, versò il contenuto in una fessura arancione e, di colpo, la vettura partì a tutta velocità.

«**Aaaaaaah!**» gridò proprio mentre di fronte a lei compariva un bivio.

'Dove vado? Dove vado? Dove vado?' pensò.

All'ultimo sterzò a destra, ma ecco che, come per magia, la pista scomparve e lei si ritrovò dentro una pozza col suo cigno go-kart, ricoperta di fango dalla testa ai piedi.

Pingu, invece, aveva scelto la strada di sinistra, e insieme a lui anche Asta.

«Hai visto? **Era un'illusione ottica!**» disse Pingu.

«Dobbiamo stare attenti!» gli fece eco Asta, mentre Tonno, che aveva finalmente preso confidenza con la vettura, li raggiungeva.

Il mostro, intanto, aveva attivato un turbo, e li stava superando tutti.

«Accidenti!» ringhiò Asta. «Io non sono neppure riuscito a prendere un power up!»

«Forse se usassi questo razzo...» disse Pingu.

«Prova!» esclamò da dietro Tonno che, come Asta, era rimasto a bocca asciutta.

Pingu inserì il power up nell'alloggio, premette il pulsante blu sottostante, e il razzo partì in direzione del trattore.

Un attimo dopo lo aveva colpito, facendolo andare in testacoda.

«Beccati questo, mostraccio!» gridò Asta, l'ultimo a superarlo.

I tre, dopo aver oltrepassato dei finti lavori in corso che rendevano la strada ancora più accidentata, proseguirono lungo un ponticello che al loro passaggio oscillò a destra e a sinistra, facendo saltare il cuore in gola a Tonno. Quindi salirono in cima a una collina per poi ridiscendere e affrontare una curva a gomito a tutta velocità.

Finalmente, si ritrovarono su un rettilineo, con nuovi power up da acquisire.

Asta riuscì ad afferrare una boccetta di turbo, mentre Pingu e Tonno non sterzarono in tempo e rimasero senza niente.

Alle loro spalle, intanto, il trattore si stava avvicinando sempre di più. Partiva piano, ma poi era il più veloce di tutti.

In più, quando riportarono lo sguardo alla pista, si accorsero che li attendeva un nuovo bivio.

«E ora che facciamo?» chiese Tonno. «Se fosse un'altra illusione ottica?»

Pingu studiò la strada, in cerca di qualche dettaglio che lo aiutasse a scegliere la direzione giusta, ma non riuscì a cogliere nulla di significativo.

«Io andrei a destra!» disse alla fine.

«E io vengo con te» fece Tonno.

«Allora io vado a sinistra, così almeno abbiamo una possibilità di battere Blue Speed» rispose Asta.

Pingu e Tonno svoltarono a destra come avevano annunciato e, dopo qualche metro, si ritrovarono dentro un laghetto insieme a tre o quattro anatre, bagnati fradici.

Quel frammento di strada era scomparso: si trattava di un'altra illusione ottica.

«SIAMO RIMASTI IO E TE!»

La voce da Babbo Natale di Blue Speed sembrava vicina, anzi vicinissima. E Asta si accorse che gli era ormai alle costole. Stava per usare un turbo, quando di fronte a lui apparve un altro bivio.

'Accidenti, accidenti, accidenti...' pensò.

Gli era andata bene una volta, ma non poteva far conto solo sulla fortuna!

Osservò la strada e si accorse che solo sul tratto che andava verso destra l'asfalto era bucherellato. Sull'altro, la pavimentazione era perfetta, proprio come... *se non fosse reale*!

Non ci pensò due volte. Sterzò a destra proprio mentre il trattore lo superava. Quando all'orizzonte vide lo striscione a scacchi del traguardo, versò il power up nell'apposita bocchetta e la sua navicella schizzò in avanti a una velocità supersonica.

UN ATTIMO DOPO TAGLIÒ PER PRIMO IL TRAGUARDO.

CAPITOLO 12

SFIDA CON VISTA PANORAMICA

Trovare la **ruota panoramica**, dove si nascondeva la seconda delle tre chiavi che servivano ad aprire la porta della Casa Stregata, fu molto più semplice: alta com'era, la si vedeva da ogni punto di Mondo Strano, con le sue cabine che si muovevano placidamente in senso antiorario.

Quando giunsero al suo ingresso, poi, non trovarono nessun altro bizzarro mostro ad accoglierli. Solo il volto sorridente di un pagliaccio dipinto al centro della ruota: un'enorme, bellissima decorazione.

«Questo è già un buon inizio...» commentò Franpesca.

«Già, ma dove sarà la chiave?» domandò Pingu.

Come se *qualcosa* avesse risposto alla sua domanda, **la ruota si fermò e gli sportelli delle due cabine di fronte a loro si aprirono**.

Pingu e gli altri si lanciarono uno sguardo.

Poi, dandosi coraggio a vicenda, uno alla volta, entrarono: sulla prima cabina salirono Pingu, Asta e Deku; sull'altra Tonno e Franpesca.

Gli sportelli si richiusero e la ruota panoramica si rimise in funzione.

Asta e Deku erano delusi. Si aspettavano almeno un po' di adrenalina, e invece il movimento era molto, *molto* lento, quasi soporifero!

Asta spalancò la bocca in uno sbadiglio.

«Qui per non addormentarci ci vuole un po' di *sano* umorismo, che cosa ne dite?» propose.

«Asta, chiudi quella bocca e goditi la vista!» lo gelò subito Franpesca.

«Uffa! Gli automi erano molto più divertenti di voi...»

«Se è per quello, erano anche molto più divertenti *di te*!»

Tutti scoppiarono a ridere... perfino Asta si lasciò sfuggire un sorriso.

Intanto erano quasi arrivati al punto più alto del giro panoramico. Da lì non solo si potevano ammirare le tante luci di Mondo Strano e l'imponente antenna che si ergeva in cima alla montagnetta, ma si riusciva a vedere, al di là del bosco, anche la loro cittadina.

Chissà se sua mamma, sapendo che sarebbe rimasto a dormire da Tonno, era già andata a letto oppure stava leggendo un libro comodamente in poltrona, pensò Pingu. E poi: **chissà se sarebbero mai riusciti a tornare indietro...**

In quel momento, assorto nei suoi pensieri, notò un luccichio dentro una delle cabine più in basso.

Che si trattasse proprio...?

Si rivolse a Deku: «Tra le mille cianfrusaglie che hai nel tuo zainetto c'è anche un binocolo?»

«Certo, ma non chiamarle mai più 'cianfrusaglie'!»

L'amico glielo passò e Pingu iniziò a osservare.

PROPRIO COME AVEVA IMMAGINATO, LA CHIAVE ERA LÌ, DENTRO UNA DELLE CABINE.

«Forse ci basterà scendere dalla ruota e risalire proprio su quella» disse Tonno speranzoso.

«**Temo che non sarà così facile...**» rispose Pingu.

E infatti, in quell'esatto istante, la ruota si fermò di colpo e gli sportelli delle cabine si riaprirono. Il vuoto adesso era lì, *proprio lì*, ed era decisamente terrificante.

«Ehi, ma che succede?» disse Franpesca. «Questo è contro le norme di sicurezza!»

Deku si sporse dal parapetto e vide che, al centro della gigantesca struttura in metallo, **il volto del clown era... cambiato**. Gli occhi ora sembravano quelli di una lucertola, e la bocca, tutta imbrattata di rosso, era aperta in una risata demoniaca.

Si ritrasse, pallidissimo: «Ragazzi, ho appena visto il mostro della ruota panoramica, e non credo gliene importi un granché delle norme di sicurezza...»

Poi, sempre senza alcun preavviso, la giostra riprese a girare, e girare, girare, girare a tutta velocità.

Anche la testa di Franpesca cominciò a girare e, se Tonno non l'avesse subito afferrata per i polsi, sarebbe cascata giù nel vuoto.

«Come facciamo a fermare questo affare?!» strillò.

«Non ne ho la più pallida idea!» rispose Pingu, afferrandosi a una sbarra.

Lo stesso fece Asta. L'unico che osò sporgersi appena fu, ancora una volta, Deku. E vide che gli occhi del mostro, ora, roteavano alla stessa velocità delle cabine.

«Magari non possiamo fermare la ruota, però possiamo sempre andare a recuperare la chiave!» disse.

«E come?!» urlò Franpesca dall'altra cabina. «Non vorrai mica...»

«Ricorda che Deku e il pericolo sono una cosa sola!» replicò lui e, con un balzo, riuscì ad atterrare sul tetto della cabina sottostante per poi lasciarsi scivolare al suo interno.

Franpesca tirò un sospiro di sollievo, mentre Tonno aveva chiuso gli occhi per non guardare.

Chi invece aveva guardato, evidentemente, era stato il **mostro-pagliaccio**. Come se non avesse gradito il gesto di Deku, fece ruotare la giostra ancora più velocemente e poi, d'improvviso, invertì il senso di marcia.

Ora, per recuperare la chiave, il ragazzino avrebbe dovuto aspettare che la giostra facesse mezzo giro e quella cabina si trovasse ancora al di sotto di lui. Ma ecco che, proprio quando arrivò quel momento, la ruota cambiò un'altra volta direzione.

Il mostro aveva capito, e aveva capito anche Deku: **doveva modificare la sua strategia.** E questo voleva dire... arrampicarsi!

Frugò nel suo zainetto, e ne estrasse una corda. Per fortuna la sua insaziabile curiosità lo aveva spinto a frequentare un corso per fare nodi, e così in quattro e quattr'otto formò un lazo.

Lo lanciò verso l'alto, sperando di agganciare un pomello di metallo che si trovava sul lato della cabina sovrastante, e così, di cabina in cabina provare a risalire fino a raggiungere la chiave.

Il primo tentativo andò a vuoto, anche il secondo, ma col terzo il lazo si strinse attorno all'appiglio. Ora non restava che tenersi stretto alla corda e lanciarsi.

«Deku, sei sicuro?» gli domandò Pingu.

Lui sorrise. «Siamo o non siamo venuti qui per salvare tuo padre?»

E si lanciò. Quando si fu stabilizzato, cominciò ad arrampicarsi su fino alla cabina successiva. Ci era quasi arrivato, quando il giro della ruota cambiò nuovamente senso, sballottolandolo da una parte all'altra.

Forse **il mostro sperava di farlo cadere**, ma la presa di Deku era forte. In un attimo sgusciò dentro la cabina ed estrasse dallo zaino un altro pezzo di corda.

Aveva avuto un'idea e doveva sbrigarsi a metterla in pratica, prima che il mostro decidesse di cambiare nuovamente senso di marcia o di tirargli qualche altro scherzetto.

Legò il pezzo di corda all'estremità di quella già fissata al pomello e, senza pensarci due volte (perché altrimenti avrebbe avuto paura *persino* lui!), **si tuffò nel vuoto**.

Il mostro si accorse troppo tardi di ciò che aveva in mente. Quando invertì nuovamente il senso del giro, Deku si era ormai già lanciato all'interno della cabina in cui era custodita la **CHIAVE VERDE**.

Non appena la sua mano la agguantò, gli occhi del mostro smisero di vorticare, il sorriso sulla sua bocca si spense e, al centro della ruota, tornò a sorridere il pagliaccio di sempre.

ANCHE LA SECONDA PROVA ERA STATA SUPERATA.

CAPITOLO 13

SU E GIÙ SULLE MONTAGNE RUSSE

Se recuperare la chiave blu era stato adrenalinico, recuperare quella verde era stato a dir poco terrificante, e adesso Pingu e i suoi amici non sapevano bene cosa aspettarsi dalle montagne russe.

Secondo Asta si sarebbero dovuti arrampicare a mani nude lungo le rotaie dell'attrazione, per Franpesca la vettura si sarebbe inabissata in una vasca d'acqua costringendoli a una sfida di apnea, Deku aggiunse a questa fantasia dei piranha carnivori mentre Tonno cercava solo di non pensarci.

La verità era che a Mondo Strano **tutto era al di là di ogni immaginazione**.

All'ingresso dell'attrazione, infatti, **trovarono ad aspettarli una locomotiva parlante**.

Aveva un grosso naso a palla, rosso come la sua carrozzeria, occhi luminosi e un sorriso che andava da parte a parte. Dietro di lei, cinque carrozze: una bianca, una gialla, una blu, una verde e una viola.

«Buonasera, ragazzi!» li accolse con una voce metallica, ma molto più squillante rispetto a quella di Madame Sophie.

«B-buonasera...» rispose Tonno grattandosi la nuca confuso. Da piccolo aveva un trenino giocattolo proprio uguale a quello. Tanto che per un momento aveva pensato di essersi rimpicciolito e di essere finito nel cesto dei suoi vecchi giocattoli.

«Vi state divertendo qui a Mondo Strano?!» domandò la locomotiva tutta allegra.

«Ehm... non esattamente» rispose Asta.

«Sì, non siamo qui per divertirci, ma per cercare la chiave!» intervenne Pingu.

«Intendete *questa*?!»

La locomotiva aprì lentamente la sua bocca di ferro, svelando uno scompartimento segreto.

Al suo interno c'era la **CHIAVE ROSSA**.

Deku allungò subito un braccio per afferrarla, ma la bocca si richiuse di scatto, un attimo prima che la sua mano ci finisse dentro.

«Ah-ah, non così in fretta, ragazzi!» esclamò la locomotiva. Parlava come se ci fosse un punto esclamativo alla fine di ogni frase. «Questa chiave va conquistata! Solo chi riuscirà ad arrivare alla fine del giro potrà averla!»

Le porte delle carrozze si aprirono con un *clic* e tutti e cinque fecero per salire.

«Ah-ah, non così in fretta, ragazzi!» ripeté la locomotiva. «Prima indossate *questi*!»

Uno sportello laterale, proprio dove si sarebbero dovute trovare le sue orecchie, si dischiuse. Al loro interno c'erano **cinque zainetti**.

«E quelli cosa sono?» domandò Franpesca.

«Paracadute di emergenza!» rispose prontamente la locomotiva. «Non voglio che qualcuno si faccia male sulla mia giostra!»

«Che gentile...» commentò Asta poco convinto.

Ma erano a un passo dall'avere tutte e tre le chiavi, ormai, e non potevano certo tirarsi indietro proprio adesso.

Quando furono tutti pronti, salirono a bordo, le porte si richiusero e delle cinture di sicurezza gli si strinsero attorno alla vita.

«Vedete il pulsante davanti a voi?!» domandò la locomotiva. «Vi servirà per saltare!»

«In che senso saltaaa...?» sbottò Franpesca.

Ma non riuscì a terminare la frase, perché il treno partì a tutta velocità e, un attimo dopo, la locomotiva aveva sganciato le cinque carrozze, che a loro volta si sganciarono le une dalle altre.

I ragazzi si ritrovarono da soli a sfrecciare su rotaie che si spezzavano e si ricongiungevano di continuo, creando percorsi sempre diversi...

Ecco cosa intendeva la locomotiva con 'saltare'!

Asta se ne accorse troppo tardi. Pigiò il pulsantone solo quando le ruote anteriori della sua carrozza erano finite già oltre le rotaie.

«**Aiutoooo!!!**» strillò chiudendo gli occhi mentre la carrozza sotto di lui scompariva come per magia e si ritrovava ad agitare le gambe nel vuoto.

Per un paio di secondi temette di finire sfracellato da qualche parte, ma poi sentì la voce di Deku: «Cugino, il paracadute!»

Tirò in fretta e furia il cordino e il paracadute si aprì di colpo, facendolo prima schizzare verso l'alto, per poi lasciarlo delicatamente atterrare in mezzo a un cespuglio di caramelle gommose.

«Be', tutto sommato non mi è andata così male...» disse strappandone una da un ramo per lanciarsela in bocca.

Non restava che godersi lo spettacolo, sperando che gli altri facessero meglio di lui.

Tonno, intanto, aveva superato il primo ostacolo, quando si ritrovò in mezzo a una nuvola di vapore.

«Non riesco a vedere niente!» gridò agitando una mano di fronte a sé.

Sentì la voce della locomotiva esclamare: «Ragazzi, **un po' di difficoltà rende tutto più divertente!** Non trovate?!»

Un attimo dopo anche lui finiva dentro a un buco, precipitando nel vuoto.

Deku, sulla sua carrozza blu, era più concentrato che mai. Nonostante fosse stato lui a recuperare la seconda chiave, la brutta figura fatta sulla pista di go-kart gli bruciava ancora, ed era deciso ad arrivare in fondo al percorso.

Dopo aver superato con un balzo delle sbarre del tutto simili a quelle del salto a ostacoli (in cui lui, *modestia a parte*, era un campione!), ora ad attenderlo c'era il giro della morte.

'Sarà un gioco da ragazzi!' pensò.

Ma quando raggiunse il punto più alto, proprio mentre sollevava le mani per godersi al meglio il momento, la cintura di sicurezza si sganciò e...

«**Aaaaaaah!!!**»

Anche lui si ritrovò a volteggiare pian piano verso terra col paracadute aperto sopra la sua testa.

«Uffa...» sbuffò.

Franpesca, dopo decine e decine di sconvolgimenti del percorso si era ritrovata a seguirlo di pochi metri.

Vedendolo cascare giù, per lo spavento pigiò per sbaglio il pulsante davanti a sé nell'esatto istante in cui cominciava la salita del giro della morte. La sua carrozza si ribaltò e...

Un attimo dopo anche lei volteggiava verso terra col paracadute.

Entrambi si ritrovano sul tetto delle tazze rotanti, a sperare che almeno Pingu riuscisse a portare a termine la sfida.

Da quando quella prova era cominciata, lui aveva sorvolato pezzi di rotaia mancanti, affrontato già due giri della morte, superato ostacoli, aguzzato la vista nelle nuvole di vapore e adesso andava a tutta velocità verso chissà quale altro pericolo.

«Ma quando finisce?!» esclamò.

In tutta risposta sentì la voce squillante della locomotiva: «Ancora un po' di divertimento, ragazzo!»

Poi, dopo l'ennesimo rimpasto della pista, finalmente Pingu scorse in lontananza il traguardo.

Peccato che tra lui e l'arrivo ci fosse un baratro di decine e decine di metri e, prima ancora, una discesa ripidissima che si concludeva con una specie di trampolino.

'Non ce la farò mai a saltare fin là!' pensò, e per un attimo fu preso dalla paura.

Proprio come quando, da piccolo, si era bloccato a metà di un percorso avventura tra gli alberi. Doveva saltare su una rete per raggiungere la sfida successiva. Alcuni ragazzini più grandi avevano cominciato a sghignazzare, altri a dire: «Allora?! Stai bloccando tutti quanti!»

Poi suo padre, che lo guardava dal basso, gli aveva sorriso e aveva fatto di sì con la testa, come a dire: **'Ce la puoi fare, ragazzo mio!'**

Allora lui, finalmente, si era tuffato.

CHIUSE PER UN ISTANTE GLI OCCHI, IMMAGINANDO CHE PAPÀ FOSSE LÌ. E LO ERA DAVVERO, NASCOSTO DA QUALCHE PARTE IN QUEL PARCO. ERA ANCHE PER LUI CHE DOVEVA AVERE CORAGGIO.

Riaprì gli occhi, li tenne fissi sulla rotaia e, quando si trovò all'inizio del trampolino, pigiò il pulsante.

La sua carrozza spiccò il volo.

Per una manciata di secondi gli sembrò di avere un paio d'ali attaccate alla schiena.

Poi le ruote riagganciarono perfettamente le rotaie e la carrozza, come un pattinatore che si è appena esibito in una mirabolante acrobazia sul ghiaccio, scivolò dritto verso la linea d'arrivo.

Ce l'aveva fatta anche stavolta.

CAPITOLO 14

LA CASA STREGATA

La porta della Casa Stregata era lì, di fronte a loro: le pareti fatte di assi di legno scuro dall'**aspetto pericolante**, una veranda polverosa con una sedia a dondolo che scricchiolava muovendosi su e giù, e alcune finestre dentro le quali non si riusciva a vedere niente di niente.

«Sembra ancora più s-s-stregata di quanto p-p-pensassi...» balbettò Tonno mentre Pingu infilava, a una a una, le tre chiavi nelle tre serrature all'ingresso.

Con un cigolio sinistro, la porta si aprì.

Un attimo dopo si ritrovarono in un piccolo

ingresso dall'aspetto ancora più lugubre, con un orologio a pendolo che scandiva ritmicamente il tempo e vecchi ritratti appesi alle pareti: volti lunghi, con sguardi severi e la pelle bianca come quella di un vampiro.

Davanti a loro, una porta.

Pingu afferrò la maniglia per aprirla, ma non si aprì.

«Cos'è, uno scherzo?!» sbottò Deku. «Abbiamo affrontato mostri terribili e giostre impazzite solo per ritrovarci di nuovo davanti a una porta *chiusa*?»

«Calma, amico» intervenne Franpesca. «Sono sicura che ci sia un modo per aprirla... ho il sospetto che questa Casa Stregata non sia altro che una grande **ESCAPE ROOM**!»

Pingu strinse gli occhi a fessura. «Giusto... quindi la chiave dovrebbe essere vicina».

«Vi immaginate se fosse qui, come nei film americani?» ridacchiò Asta sollevando lo zerbino.

Franpesca sbuffò: possibile che l'amico dovesse *sempre* scherzare? Ma, contro ogni aspettativa, la chiave era proprio lì.

«Finora è una escape room piuttosto *deludente...*» commentò. «Passiamo alla stanza successiva».

Si trattava di un salotto con qualche poltrona di velluto, un camino spento sormontato da un enorme quadro e, sull'altro lato, una libreria con scaffali fino al soffitto. **Non c'erano porte, se non quella da dove erano arrivati.**

«Qui le cose si fanno un po' più complicate...» disse Pingu.

«Perlomeno non ci sono fantasmi» commentò Tonno guardandosi attorno sollevato.

«Ragazzi, ricordate quel film che abbiamo visto insieme?» saltò su Deku. «Come si chiamava...? Ah sì, *Voci dall'oltretomba*!»

Tonno tremò al solo pensiero.

«A un certo punto il protagonista estraeva un libro dalla biblioteca facendo comparire un passaggio segreto» continuò Deku.

«Ma certo!» esclamò Asta fiondandosi a sfilare uno per uno tutti i volumi dagli scaffali, seguito a ruota dai suoi amici.

Nessuno dei libri, però, sembrava far scattare qualche meccanismo nascosto.

Stremato da tutte quelle emozioni, Tonno si lasciò cadere su una poltrona e si mise a osservare il grande quadro. Ritraeva un bosco con alcuni animali: uno

scoiattolo appeso a un ramo, un cervo col suo palco di corna e, a sorpresa, un gallo.

Ora che ci pensava, tra le mani gli era proprio capitato un libro con un gallo in copertina!

Forse, spiegò agli altri, non c'era un meccanismo classico, ma un meccanismo *magico*, che si sarebbe attivato estraendo i libri con raffigurati i tre animali contemporaneamente!

«Oh, Tonno! Sei un grande!» esclamò Franpesca abbracciandolo, e il ragazzo diventò rosso come un peperone.

Aveva ragione, il meccanismo magico si attivò e la libreria scorse su un lato per lasciare libero un **passaggio segreto**.

«È buio pesto qui dentro!» disse Tonno che, ringalluzzito dal complimento, fu il primo a entrare.

«Aspetta, amico» fece Deku, «**accendo la torcia e...**»

«Aaaaaaaaahhhh!!!»

L'urlo di Tonno si fece sempre più lontano e si concluse in un *PUUUF!*

Quando la torcia illuminò il cunicolo, Pingu e gli altri si accorsero che **l'amico era precipitato in una botola**.

«Tutto bene?» urlò Franpesca.

«Tutto bene!» rispose Tonno. «Sono atterrato su un ammasso di cuscini...» tossicchiò «tutti impolverati e... aaaaaaaaaaaah!»

«Che succede?!» strillò Franpesca spaventata.

«N-niente, niente... solo delle, ehm... ragnatele».

«Vedi qualcosa per poter uscire da lì?»

Trascorsero alcuni istanti di silenzio.

«C'è una scala a pioli» rispose Tonno. «Provo a salire...» aggiunse titubante.

Uno dei pioli si spezzò sotto il suo peso, uno scarafaggio gli si arrampicò lungo il braccio, e gli sembrò anche di veder volare un pipistrello alle sue spalle... **ma alla fine riuscì ad arrivare in cima**.

Aprì la botola sopra la sua testa e la torcia di Deku gli illuminò la faccia stravolta e i capelli spettinati.

Era sbucato all'estremità del cunicolo di prima.

Lì si apriva un'altra porta, per fortuna non chiusa a chiave, che li condusse in una stanza completamente buia.

Anche la torcia, come disturbata da qualche campo magnetico, si spense, mentre la porta dietro di loro si chiudeva con un tonfo.

I ragazzi allungarono le braccia a cercare qualche appiglio, ma finirono solo per sbattere l'uno contro l'altro.

«Ahi!»

«Sta' attento!»

«Quello è il mio piedeee!»

Ed ecco che in quel momento comparve il primo fantasma: una sagoma biancastra che volteggiava nell'aria.

Tonno ebbe così tanta paura che, paralizzato sul posto, non riuscì nemmeno a urlare. Gli altri non ebbero poi molta meno paura.

ERA COME ESSERE FINITI DRITTI DRITTI IN QUEL FILM HORROR. SENZA AVERE IDEA DI COME USCIRNE.

«Deku, non hai qualcosa tra le tue *cianfrusaglie* da usare contro i fantasmi?» domandò Pingu.

«Ti ho già detto di non chiamarle 'cianfrusaglie'!» replicò lui. «Comunque no, non mi sono ancora procurato un'attrezzatura da acchiappafantasma, ma giuro che per la prossima avventura ce l'avrò!»

«A proposito» intervenne Asta nell'oscurità, «lo sapete qual è il colmo per un fantasma?»

«ADESSO BASTA!» strillò Franpesca mentre uno spettro le passava proprio sopra la testa.

«Avere *spirito da vendere*!» disse Asta cominciando a ridere da solo.

Ma non rimase l'unico a ridere per molto, perché un attimo dopo anche i fantasmi iniziarono a sbellicarsi dalle risate.

Ahahah! Ahahah! Ahahah!

A ogni risata sembravano restringersi, come maglioni di lana lavati in lavatrice ad alta temperatura, al che Asta decise di insistere: «E non avete sentito di quel fantasma che aveva i bollenti spiriti?»

AHAHAH! AHAHAH! AHAHAH!

Le risate si fecero sempre più grosse, mentre i fantasmi sempre più piccoli finché...

PUF!

Non scomparvero tutti nel nulla.

Le luci si riaccesero e lì, di fronte ai loro occhi, ecco una porta.

E, se lo sentivano, quella era l'ultima, e li avrebbe finalmente condotti dal papà di Pingu.

CAPITOLO 15

FINALMENTE... PAPÀ

Quando Pingu e gli altri aprirono la porta, restarono senza parole.

Quello era il posto più *strano* che avessero mai visto in tutta la vita.

Il più strano e il più terrificante.

Le pareti erano tappezzate di ossa e di teschi, e così la cupola sovrastante, che terminava in un lucernario da cui potevano ammirare la luna piena.

Ma la cosa più strana era un'altra: **proprio al centro di quell'enorme stanza si trovava un parallelepipedo di vetro**, e al suo interno uno studio arredato con alcune librerie e cassettiere, un lettino singolo, una grande scrivania con alcuni computer e una poltrona.

Su quella poltrona, nascosto dall'alto schienale, era seduto qualcuno. La sua mano destra era posata su un mouse, e a Pingu bastò quella per riconoscerlo.

Non poteva sbagliarsi, era proprio lui.

«Papà!» gridò correndo verso la gabbia trasparente. Sbatté contro le pareti di vetro e suo padre, finalmente, si voltò.

Gli occhi gli si inumidirono all'istante.

Anche quelli di Pingu si riempirono di lacrime.

PAPÀ SEMBRAVA STANCO, SOFFERENTE, AVEVA IL COLORITO PALLIDO E PINGU NON LO AVEVA MAI VISTO COSÌ MAGRO.

Nel suo sguardo, però, c'era lo stesso scintillio di sempre.

«Lorenzo, tesoro mio» disse appoggiandosi al vetro.

«Ora ti faccio uscire da qui, papà!» esclamò lui mentre i suoi amici lo raggiungevano a passi lenti.

Corse tutt'attorno al parallelepipedo che lo imprigionava, ma non c'era nessuna traccia di una porta. Provò a dare un calcio al vetro, e così fecero Deku e Asta, e poi persino Tonno e Franpesca.

Ma la raffica di colpi non riuscì nemmeno a scalfirlo.

L'uomo scosse la testa. «**Purtroppo sono imprigionato...**» disse a occhi bassi. «Temo che soltanto Mr. Jimbo sappia come farmi uscire di qui».

«Sono arrivato fin qua, non sarà certo un altro ostacolo a fermarmi!» esclamò Pingu dando un ultimo pugno al vetro.

Suo padre dischiuse le labbra in un sorriso amaro. «Lorenzo, sono così fiero di te. Non ci credo che sei riuscito a trovarmi. Come hai fatto?»

«È stato Mr. Jimbo a invitarmi qui a Mondo Strano» rispose lui.

«Quel mascalzone!» esclamò l'uomo. «Non capisco perché lo abbia fatto».

«Ora che ci penso, lei ha ragione...» intervenne Franpesca. «**Perché mai Mr. Jimbo avrebbe dovuto attirarci qui?** Non ha senso».

«O forse sì...» disse Pingu. «Se per portare a termine il suo piano fosse stato necessario riattivare del tutto la magia di Mondo Strano. E se, per riattivare la magia, bisognava che qualcuno entrasse di nuovo nel parco e si divertisse con le sue attrazioni. Mi seguite?»

Franpesca scosse la testa.

«Quando siamo entrati» riprese Pingu «la grande antenna era spenta. Poco fa, invece, l'abbiamo vista illuminata... e sapete quando è successo?»

Gli altri pendevano dalle sue labbra, così Pingu proseguì: «Dopo che ciascuno di noi è stato catturato da Mondo Strano e dalle sue attrazioni: Franpesca da Pesca-il-Peluche, Asta dal suo teatro di automi e io dalla pesca meccanica... era come se il parco stesse risucchiando le nostre energie».

Francesca spalancò gli occhi ed esclamò: «Ma certo, **Mr. Jimbo aveva bisogno che la grande antenna tornasse in funzione!** Altrimenti come avrebbe fatto a lanciare nel mondo il virus informatico che il padre di Pingu è stato costretto a creare?»

«Se solo penso a cosa ne sarà del mondo dopo che verrà lanciato...» mormorò l'uomo.

«Spiegaci meglio di cosa si tratta, papà» chiese Pingu.

«È un potente virus che, infiltrandosi in smartphone, computer e tablet, a mano a mano li distruggerà dall'interno, per poi infettare i server di tutto il mondo. Insomma, per la tecnologia sarà la fine».

«Ma è terribile...» commentò Tonno scuotendo la testa.

«È terribile, ma è proprio quello che succederà se non lo fermiamo!»

«Tu sapresti come fare, papà?» domandò Pingu.

«Sì, Lorenzo... Per fortuna non sono stato sempre prigioniero in questa gabbia di vetro: per molto tempo Mr. Jimbo mi ha lasciato libero di girare entro i confini di Mondo Strano. **Ed è così che ho messo a punto un antidoto informatico in grado di neutralizzare tutti gli effetti del virus**».

Pingu sorrise. «Papà, sei un genio!»

«Peccato che sia nascosto nel mio laboratorio segreto!»

«Un laboratorio segreto?!» esclamarono all'unisono Deku e Asta, sbalorditi.

«Sì, l'ho costruito all'interno del tendone del circo di Mr. Jimbo, proprio nel luogo in cui meno avrebbe immaginato che potessi farlo. E credo che non lo abbia ancora scoperto».

«Confermo, signore. Lei è proprio un genio!» disse Franpesca.

«Allora perché l'ha chiusa qui dentro?» domandò Tonno.

«Perché si è accorto che stavo cominciando a prendere tempo e tardavo a consegnargli il virus ultimato».

«Adesso è finito?» chiese Pingu.

«Sì... e per fortuna, prima che lui mi imprigionasse qui, avevo ultimato anche l'antidoto» rispose suo padre. Poi, abbassando lo sguardo, aggiunse: «Dovete aiutarmi, ragazzi, scappate da qui e andate a recuperarlo. Ora vi spiego esattamente come...»

Non riuscì a terminare la frase. **Una folata gelida interruppe i loro discorsi.**

Tutti si voltarono.

Una fessura si era aperta nella cupola d'ossa, e Mr. Jimbo aveva fatto il suo ingresso in quella stanza degli orrori.

Ma non era più l'uomo che avevano incontrato nel tendone. Era sempre vestito da clown, ma si era trasformato in un gigante alto quattro, forse cinque metri... **E ora sì che faceva paura... MOLTA PAURA.**

CAPITOLO 16

NELLA RETE DELLE PAURE

«Devo farvi i miei complimenti, ragazzini: siete molto più tenaci di quanto potessi immaginare!» esordì Mr. Jimbo con un sorriso diabolico, fissandoli tutti e cinque dall'alto verso il basso. «Pensavo di aver creato una fortezza inespugnabile e invece...»

«E invece noi **abbiamo superato tutti i tuoi ostacoli**» replicò Pingu senza lasciarsi intimorire. «Ora libera mio padre e rinuncia al tuo folle piano!»

Mr. Jimbo esplose in una risata che fece tremare le pareti di ossa.

«Credi davvero che vi lascerò andare via così facilmente?» tuonò, e a tutti parve che si fosse ingrandito ancora.

Deku decise di provarci. '**O la va o la spacca!**' pensò.

Schizzò verso l'uscita, sgusciandogli fra le gambe.

Ma ecco che sentì le ginocchia farsi di colpo inconsistenti, e subito dopo gli sembrò di correre nel vuoto, senza avanzare di un solo passo. Intorno a lui le pareti d'ossa stavano svanendo in un fumo violaceo, mentre altre pareti comparivano al loro posto.

◆

Gli ci volle qualche secondo per capire dove si trovasse. Poi riconobbe un poster di Flash, la copertina a scacchi bianchi e blu poggiata sul letto, e infine la scrivania piena di *cianfrusaglie* – e in questo caso non avrebbe certo potuto dare torto a Pingu.

Quella era la sua cameretta, illuminata solo dalla debole luce dell'abat-jour poggiata sul comodino.

Deku si sentiva agitato.

Gli venne voglia di andare a chiamare i suoi genitori. Si avvicinò alla porta, e dovette sollevare un po' il braccio per afferrare il pomello.

'Che strano...'

Il corridoio era immerso nel buio.

Provò a dire: «Mamma? Papà?»

Ma nessuno rispose.

'Ah certo, stanno dormendo...'

E questo significava che doveva mettersi a dormire anche lui. Ma aveva paura...

Il suo sguardo si fissò sul letto, anzi *sotto* il letto, verso l'antro buio in cui, ne era certo, viveva quell'essere spaventoso.

Gli era parso di vederlo aggirarsi nella sua stanza mentre lui strizzava gli occhi sperando di addormentarsi presto: era **un'ombra nera che frugava fra i suoi giocattoli**, si sedeva alla scrivania e ogni tanto gli passava accanto, lasciando dietro di sé una scia gelida.

Si avvicinò piano al letto. Doveva solo saltare subito sul materasso, infilarsi sotto le coperte e quella creatura non gli avrebbe fatto nulla.

Da sotto il letto, invece, si stava allungando una mano. Una mano nera. A cui presto seguì una testa incappucciata, sempre di nero, e poi l'intera figura del mostro dei suoi incubi.

Provò a scappare, ma la porta era chiusa. Allora cominciò a girare in tondo alla stanza mentre l'uomo nero lo inseguiva.

E lo inseguiva, lo inseguiva, lo inseguiva...

Franpesca, intanto, aveva il cuore in gola.

Neanche lei si trovava più nella stanza con le pareti d'ossa.

Era tra le tende di un campeggio, di notte, con l'aria piena del suono delle cicale. Era appena tornata dalla toilette e stava per rientrare nella sua tenda verde mela, quando si era accorta che, all'interno, la lampada illuminava *qualcosa*.

La testolina che finiva in una bocca appuntita. Il corpo come accucciato in posizione d'agguato. La lunga coda.

Un geco.

E lei, non lo avrebbe ammesso con nessuno, aveva una paura terribile dei gechi.

Con quella bestiaccia là dentro non poteva certo rientrare nella tenda.

'Non se ne parla neanche!' pensò.

Ma poi si accorse che **c'erano gechi ovunque**: sulle altre tende, sui tronchi degli alberi, sui lam-

pioni della luce e... uno le si stava arrampicando sulla scarpa!

«Aaaaaaah!!!» strillò.

Mentre lei continuava a strillare Tonno era stato catapultato nel garage della casa di montagna.

Gli piaceva andare tra i monti, fare le passeggiate, cucinare insieme a sua madre.

Ma c'era una cosa che, in quella casa, e soprattutto nel garage, proprio non gli piaceva.

I ragni. E adesso, ovunque guardasse, ce n'erano a bizzeffe.

Alcuni muovevano le otto zampe per spostarsi sui muri, altri si calavano dalle loro ragnatele, altri ancora stavano immobili, in attesa delle prede.

Ma ce n'era uno, in particolare, che lo spaventava: **un enorme ragno peloso**, grande come un gatto, che lo fissava coi suoi tanti occhi neri di varie dimensioni.

«A-a-aiuto...» balbettò con un filo di voce.

ERA COSÌ SPAVENTATO CHE NON RIUSCIVA A URLARE.

Chi invece urlava a squarciagola era Asta, inseguito da un gruppetto di galline che volevano beccarlo e rubargli tutti i suoi snack.

«Bestiacce, via, viaaa, viaaaaaa!»

Era da una gita scolastica fatta in seconda elementare che aveva paura, anzi *terrore*, delle galline. E dire che, prima di allora, quei pennuti gli erano sempre parsi così *divertenti*!

Sapeva tutti i colmi per una gallina: avere i piedi a papera, avere le penne ma non saper scrivere, avere la pelle d'oca...

Ma d'improvviso smisero di essere divertenti.

Si era avvicinato per gettargli un po' di mangime, ma ecco che il sacchetto si ruppe, il mangime gli cadde sui pantaloni e sulle scarpe, e **un esercito di galline si scagliò su di lui, inseguendolo per tutta la fattoria.**

Ma queste che lo stavano rincorrendo ora non erano galline normali, come quella volta in gita. Dovevano avere ingurgitato *tonnellate* di mangime, perché erano grandi il doppio di lui!

«Via! Viaaa! Viaaaaaaa!» strillò mentre quelle non smettevano di inseguirlo.

E Pingu?

Pingu non si era mosso dalla stanza segreta della Casa Stregata. **Sentiva Deku, Franpesca, Asta e Tonno chiedere aiuto, ma non sapeva come aiutarli.**

NON GLI CI ERA VOLUTO MOLTO PER CAPIRE CHE MR. JIMBO SI STAVA NUTRENDO DELLE PAURE DEI SUOI AMICI PER PARALIZZARLI.

E questo era il motivo per cui lui era rimasto lucido.

La sua paura più grande, infatti, era già lì: la paura di non poter più stare insieme a suo padre.

Al mondo non c'era qualcosa che lo terrorizzasse di più.

Per quanto fosse rimasto lucido, però, anche lui era come inchiodato sul posto. Non poteva certo andarsene senza il suo papà, ma neanche lasciare che i suoi amici continuassero a essere tormentati da Mr. Jimbo.

'Come posso risvegliarli?' si domandò grattandosi il mento nervoso.

Lanciò uno sguardo oltre il vetro che imprigionava il padre, ma l'uomo scosse la testa: neanche lui lo sapeva.

Poi lo sguardo di Pingu cadde sui tanti computer presenti in quello stanzino, ed ebbe un'idea...

Evocare la più grande paura di Mr. Jimbo.

E qual era la cosa che più faceva paura a Mr. Jimbo?

Ma certo,

LA TECNOLOGIA!

CAPITOLO 17

LA PAURA DI MR. JIMBO

Pingu infilò la mano nella tasca ed estrasse il suo smartphone.

«Mr. Jimbo!» lo chiamò.

La gigantesca versione dell'uomo che aveva ideato Mondo Strano si voltò verso di lui, e gli occhi fiammeggiarono di odio appena si accorse del cellulare.

«**Sai cosa può fare un piccolo dispositivo come questo?**» proseguì Pingu mentre i suoi amici ancora lottavano con le loro paure invisibili.

Mr. Jimbo rimase a fissarlo.

«Può scattare fotografie di paesaggi meravigliosi... può racchiudere in un'immagine il volo di una farfalla e tutti i suoi colori...»

«Anche le vecchie macchine fotografiche e videocamere potevano farlo!» rispose Mr. Jimbo senza distogliere gli occhi infuocati da lui.

Perlomeno, pensò Pingu, era riuscito a catturare la sua attenzione.

«Ma non potevano poi inviare quelle immagini ai tuoi amici per condividere questa gioia!»

«La gioia si condivideva insieme, *di persona*». ribatté Mr. Jimbo. «La tecnologia ha rovinato tutto questo... **la tecnologia sta allontanando le persone!**»

Pingu non sapeva come replicare. Per certi versi, Mr. Jimbo aveva ragione.

Ma lui sapeva che la tecnologia, per tantissimi altri versi, aveva migliorato la vita delle persone, e non era giusto che Mr. Jimbo ne avesse paura, non era giusto che la facesse sparire dalla faccia della Terra.

«La tecnologia ha fatto fare passi in avanti alla **ricerca scientifica**» riprese Pingu. «Pensa a tutte le persone che guariscono da terribili malattie proprio grazie alla tecnologia!»

Il fuoco negli occhi di Mr. Jimbo si indebolì, le sue mastodontiche mani tremarono leggermente.

E, come per magia, Asta si risvegliò.

«La tecnologia permette di conservare e di mettere a disposizione di milioni di persone, sotto forma di file, intere biblioteche» intervenne.

Pingu gli lanciò un'occhiata. Questa è una frase che si sarebbe aspettato da Franpesca, non certo da lui.

Ma Asta sapeva essere sorprendente!

A mano a mano che Mr. Jimbo ascoltava i racconti sull'importanza della tecnologia in ambito medico, scientifico, educativo, e anche gli altri ragazzi si risvegliavano, il suo corpo si faceva a mano a mano più piccolo.

Era quasi tornato alle sue dimensioni normali, quando Pingu decise di lanciare l'affondo: «E in realtà tu stesso, con la tua idea del virus informatico, non stai forse usando la tecnologia?»

La reazione di Mr. Jimbo non fu quella che sperava.

«Giusto!» esclamò. «Ero venuto qui proprio per questo!»

Si voltò di scatto verso il parallelepipedo di vetro che imprigionava il padre di Pingu e le sue pareti scorsero verso l'alto.

Mr. Jimbo spalancò una mano in direzione del computer a cui l'uomo stava lavorando, e una forza invisibile strappò la pendrive rossa dal suo alloggio, attirandola direttamente nelle sue mani.

«Non è ancora pronto...» provò a dire il padre di Pingu scagliandosi contro di lui.

«Non mi lascerò più prendere in giro da te!» ringhiò Mr. Jimbo, e con un gesto della mano evocò una forza altrettanto invisibile che lo scaraventò contro la parete opposta, tra tibie, crani e gabbie toraciche.

Pingu lo vide portarsi una mano alla caviglia, stringerla.

«Tanto più che l'energia che sono riuscito a risucchiare da tuo figlio e i suoi amici» continuò Mr. Jimbo «mi ha finalmente permesso di mettere in funzione l'antenna. Pensate... magia e tecnologia insieme, ci credete?! Ma alla fine rimarrà solo la magia!»

Detto questo volteggiò via alla velocità della luce, sparendo alla loro vista. **E di lui rimase solo l'eco di una risata diabolica.**

Pingu corse ad abbracciare suo padre. «Ti sei fatto male?»

«Non è niente, ma non posso venire con voi adesso, vi sarei soltanto d'impiccio».

«Papà, non posso lasciarti qui, non ora che ti ho appena ritrovato...» mormorò Pingu con gli occhi lucidi.

«Lorenzo, sei sempre stato il mio campione!» gli disse lui mettendogli una mano sulla spalla. «E so che ce la farai anche da solo. Su, corri al laboratorio segreto! **Prendi la pendrive chiusa nell'ultimo cassetto. Il codice per aprirlo è...**»

Quando ebbe finito di dargli tutte le istruzioni necessarie, abbracciò di nuovo il figlio.

Rimasero così per qualche secondo, che a Pingu parve durare un'eternità.

Poi l'uomo sussurrò: «Non ti preoccupare per me. Io nel frattempo andrò all'antenna, così sarò lì quando dovrai mettere in funzione l'antidoto».

«Grazie, papà» rispose Pingu abbracciandolo forte un'ultima volta.

Quindi il ragazzo si alzò e si girò verso i suoi amici. Nel suo sguardo non c'era più nessuna paura.

«Forza, andiamo!»

Usciti dalla Casa Stregata, Pingu e gli altri si diressero di corsa verso il tendone del circo.

In lontananza, videro la sagoma di Mr. Jimbo andare verso l'antenna. Una volta recuperato l'antidoto informatico, ci si sarebbero fiondati anche loro.

La luna piena, intanto, era stata nascosta da un manto di nubi che sembravano minacciare pioggia.

Entrarono all'interno del tendone e raggiunsero la tredicesima fila, proprio come gli aveva detto di fare il papà di Pingu. **Sollevarono i sedili numerati dal 13 al 15 e questi si ribaltarono in un unico blocco scoprendo una botola.**

«Incredibile...» sussurrò Asta quando, dopo aver fatto scendere per primo Pingu, lo raggiunse.

Là sotto c'erano computer, grafici e fogli appesi alle pareti tutti scarabocchiati con numeri e formule, schedari traboccanti di carte...

«Qui è più disordinato di camera mia!» esclamò Deku incredulo.

«Ma mi sembra un disordine... *geniale*!» esclamò Tonno.

«Guarda, Pingu, quella dev'essere la cassettiera di cui ha parlato tuo padre!» intervenne Franpesca.

Il cassetto giusto era l'ultimo in basso a destra.

play: none
if(v0==1){
perform
0010000
1110010
subprocess_Heal
3 MIN.
97306

Pingu inserì su un tastierino il codice che suo padre gli aveva rivelato.

«Nove... sette... tre... zero... sei» scandì a voce bassa.

Quando digitò l'ultimo numero, un quattro, si udì un **CLIC** e il cassetto si aprì.

Dentro non c'era nient'altro che una pendrive gialla.

«Andiamo, non c'è neppure un secondo da perdere!» disse afferrando la pendrive.

DA QUEL PICCOLO OGGETTO, E DALL'USO CHE NE AVREBBERO FATTO, DIPENDEVA IL FUTURO DELL'UMANITÀ.

Quando si ritrovarono di nuovo all'esterno, un fulmine squarciò il cielo all'orizzonte. Poi, mentre il tuono si scatenava, dal cielo cominciarono a scendere alcune gocce d'acqua, che presto si fecero sempre più fitte.

Aveva cominciato a diluviare.

CAPITOLO 18

DUELLO AD ALTA QUOTA

Per arrivare più in fretta (ma anche non completamente fradici!) alla montagnetta, Pingu e gli altri decisero di passare da una vecchia conoscenza.

«Ehi, Blue Speed, che ne dici se prendiamo in prestito i tuoi bolidi?» chiese Pingu al mostro peloso, che in quel momento era impegnato a rattoppare l'asfalto della sua pista.

«Fate pure, ragazzi! E specialmente tu, campione!» aggiunse sollevando il pollice in direzione di Asta.

Un attimo dopo erano a bordo di quelle strambe vetture e, **veloci come saette**, sfrecciavano tra le attrazioni di Mondo Strano per poi puntare dritto verso l'antenna, che ora proiettava tutt'attorno a sé fari di colori sempre diversi. Il suo processo di accensione era stato completato.

Sarebbe stato uno spettacolo incantevole, anche sotto tutta quella pioggia, se non avessero saputo cosa stava per succedere.

Erano quasi lì, quando Pingu sollevò la mano dal volante della sua mini-decappottabile rossa e indicò un punto davanti a loro.

«Guardate, Mr. Jimbo è lì!» urlò.

L'uomo, ora tornato definitivamente alle sue dimensioni consuete, **si stava arrampicando su una scala che**, piolo dopo piolo, **conduceva alla cima dell'antenna**.

Pingu accelerò per inchiodare poco dopo, proprio alla base della scala. Saltò giù dalla vettura e cominciò la salita.

«Voi aspettatemi qui!» disse agli amici.

«Ma...» fece per protestare Franpesca.

«Là sopra non c'è spazio per tutti... dovrò vedermela io da solo con Mr. Jimbo».

E, puntando gli occhi verso l'uomo, ormai quasi giunto in cima, riprese ad arrampicarsi.

Sapeva di aver poco tempo a disposizione, dopo che Mr. Jimbo avesse iniettato il suo virus nel mondo. Suo padre gli aveva spiegato anche questo:

TRE MINUTI SOLTANTO
PER RIUSCIRE A INFILARE
NEL COMPUTER
DEL RIPETITORE
LA PENDRIVE
CON L'ANTIDOTO.
ALTRIMENTI, TUTTO
SAREBBE STATO PERDUTO.

Mr. Jimbo era ormai arrivato a destinazione.

Pingu non poteva vederlo, ma Deku, col suo binocolo, sì.

Estrasse da una tasca del suo gilet da clown la pendrive rossa e la infilò in un computer collegato all'antenna.

Poi prese a sfregarsi le mani, come in attesa di qualcosa di stupefacente.

Quando tutti **i colori emessi dal ripetitore si ridussero a un unico, inquietante rosso**, cominciò a ridere. Prima piano, poi sempre più forte, mentre nuovi fulmini squarciavano il cielo alle sue spalle.

«Ehi, cosa sta succedendo?!» esclamò Asta tastandosi la tasca dei pantaloni.

Il suo cellulare stava... vibrando.

E così anche quelli di Franpesca, Tonno e Deku.

Lo schermo si fece tutto pixellato, poi a uno a uno i pixel scomparvero lasciando posto a un nero più scuro di quella notte di tempesta. **Finché, di colpo, comparve un vortice giallo, rosso e blu... I colori del tendone di Mondo Strano!**

Provarono a pigiare pulsanti, a spegnere e riaccendere, ma quel vortice non spariva: il virus di Mr. Jimbo si era completamente impossessato dei loro dispositivi... e probabilmente si stava già propagando verso la città.

Pingu, intanto, si arrampicò sugli ultimi pioli e raggiunse la cima dell'antenna. Rimase per qualche istante con la testa affacciata appena oltre la scala.

C'erano solo pochi metri quadrati di spazio là sopra, spezzati al centro dal pilone dell'antenna.

Sotto una piccola tettoia laterale, vide il computer con la pendrive rossa di Mr. Jimbo infilata nella porta USB. Doveva solo toglierla da lì e sostituirla con quella gialla che teneva in tasca.

'Poi l'incubo sarà finito...'

Con tutta quella pioggia che scrosciava Mr. Jimbo, in piedi di fronte al computer con lo sguardo perso verso l'orizzonte, non si era accorto della sua presenza.

'Bene...' pensò Pingu.

Si sollevò piano, cercando di non fare il minimo rumore. Sperava di riuscire ad aggirare il pilone senza che Jimbo lo notasse...

Proprio in quel momento, però, il piolo sotto la sua scarpa destra si spezzò, e un *CRAC* riuscì a fendere il muro di frastuono della pioggia.

'Accidenti!' pensò Pingu.

L'uomo si girò nella sua direzione, proprio mentre, con uno scatto, Pingu, si tirava su.

«Cosa credi di fare qui?» gli domandò Mr. Jimbo parandoglisi davanti.

«Questo!» rispose Pingu aggirandolo e fiondandosi verso il computer con la pendrive gialla in mano.

Mr. Jimbo si immobilizzò per un istante.

«Non sarà mica...» mormorò. «**Ah, quell'imbroglione di tuo padre! Ha creato un antidoto!**» esclamò.

Fece per scagliarsi contro Pingu, ma le sue grosse scarpe fuori misura scivolarono sulla superficie bagnata.

Il ragazzo lo vide precipitare di sotto. Si affacciò immediatamente, col cuore in gola.

Ma tirò un sospiro di sollievo quando si accorse che Franpesca e gli altri avevano steso un telone paracadute, dove l'uomo era appena atterrato.

Nessuno si meritava di spiacciarsi al suolo, nemmeno Mr. Jimbo.

'E ora a noi!' pensò Pingu tornando al computer.

Tolse la pendrive rossa e inserì quella gialla.

All'inizio sembrò non accadere nulla, ma poi di colpo **i fari di luce rossa tornarono variopinti**. Anzi, più variopinti che mai.

L'ANTIDOTO DOVEVA AVER FUNZIONATO.

Pingu chiuse gli occhi, lasciandosi bagnare il viso dalla pioggia. Non era più così violenta, la tempesta stava finalmente passando.

'Ce l'ho fatta!' pensò con un sorriso.

Quando ridiscese a terra, i suoi amici lo strinsero in un mega-abbraccio collettivo.

CHE BELLO AVERE DEGLI AMICI COSÌ! ERANO IL PIÙ GRANDE TESORO DEL MONDO. INSIEME A LORO, PINGU NON SI SENTIVA MAI SOLO, ANCHE IN MEZZO ALLE DIFFICOLTÀ E AI PERICOLI.

In un angolo, c'era Mr. Jimbo. Si teneva la testa con le mani e la scuoteva ripetendo: «Cosa ho fatto? Cosa ho fatto? Cosa ho fatto?»

Il padre di Pingu, accanto a lui, gli batté una mano sulla spalla per consolarlo.

«Cosa ne sarà del mio parco?» disse Mr. Jimbo.

«Pensavo che col mio piano avrei dato a Mondo Strano una nuova vita... e che le persone sarebbero tornate qui a divertirsi. Mi sento così solo da quando ho dovuto chiudere i battenti di questo posto...»

In quel momento, **i telefoni di tutti ripresero a vibrare**.

Il vortice giallo, rosso e blu era sparito.

Al suo posto c'era un messaggio:

VENITE A VISITARE MONDO STRANO!
IL PIÙ GRANDE PARCO DIVERTIMENTI
AL MONDO TRA POCO RIAPRIRÀ,
COMPLETAMENTE RINNOVATO.
VI ASPETTIAMO QUI!
MR. JIMBO E IL SUO STAFF.

«M-ma... ma...» balbettò Tonno mostrando il telefono al padre di Pingu e a Mr. Jimbo.

L'uomo sgranò gli occhi, spalancò la bocca e si voltò verso quello che, ora lo sapeva, era appena diventato un suo nuovo, fantastico amico.

«**Ti aiuterò a rifondare Mondo Strano**» disse il padre di Pingu. «Sarà un parco divertimenti attento alla tradizione... ma anche aperto alla tecnologia! Ci stai?»

Allungò una mano aperta verso Mr. Jimbo. Lui rimase qualche istante a fissarlo con gli occhi lucidi, poi con un sorriso afferrò la mano e gliela strinse.

«Affare fatto!» esclamò.

Come se la magia del parco non stesse aspettando altro, **fuochi d'artificio colorati cominciarono a esplodere nel cielo, mentre le giostre si animavano e gli automi si mettevano a ballare pieni di gioia**.

Perché sì, anche **gli automi, a Mondo Strano, avevano emozioni**. Ora non c'erano più dubbi.

E quante emozioni avevano vissuto Pingu e i suoi amici in quella lunga, emozionante e indimenticabile serata!

Chissà cos'avrebbe detto la mamma, poi, rivedendo finalmente papà entrare dalla porta, pensò Pingu. Probabilmente non sarebbe riuscita a spiccicare parola, sarebbe scoppiata a piangere dalla gioia e sarebbe corsa ad abbracciarlo.

Poi, in un giorno di primavera, sarebbero tornati lì al parco di divertimenti tutti insieme, proprio come quando lui era bambino.

Era come se la maledizione di Mr. Jimbo si fosse dissolta.

I RICORDI RIGUARDO A MONDO STRANO, INFATTI, STAVANO FINALMENTE TORNANDO. ED ERANO TUTTI RICORDI BELLISSIMI...

Lui che tuffava la faccia in una nuvola di delizioso zucchero filato.

Lui che camminava mano nella mano con sua mamma nel **Bosco dei Funghi Giganti**.

Lui che si aggrappava al braccio di papà mentre si avventuravano nella **Grotta dei Pirati**.

Erano ricordi che si sarebbe portato per sempre nel cuore, ed era felice che, come lui, ora lo avrebbero potuto fare tutte le persone della sua città, della provincia, dell'intera nazione!

PERCHÉ
IN TANTISSIMI
AVEVANO AMATO

MONDO STRANO

E, PINGU
NE ERA CERTO
PIÙ CHE MAI,
TANTISSIMI ALTRI
LO AVREBBERO FATTO
**NEGLI ANNI
A VENIRE.**

INDICE

MONSIEUR
TOPO

LE AVVENTURE DI LORENZIST IN LIBRERIA

★ LE PIETRE DEL DESTINO

È un'incantevole mattina d'estate, con il cielo azzurro e l'aria frizzante, quella in cui Pingu e i suoi quattro migliori amici si riuniscono nel bosco per assistere all'eclissi. Mentre la luna oscura il sole, una strana luce li guida al centro della radura, rivelando tra l'erba alta cinque misteriose pietre dorate. Da dove provengono quei manufatti? E che cosa significano le curiose incisioni che li rivestono? Pingu e i suoi amici decidono di scoprirlo, ma, una volta raccolte le pietre, si ritrovano catapultati all'istante in un magico mondo medievale, popolato da maghi dalla lunga barba bianca, cavalieri senza paura e principesse da salvare. Per revocare il sortilegio e tornare a casa c'è un solo modo: recuperare tutte e cinque le pietre disperse nel regno e riaprire il varco spazio-temporale che li ha inghiottiti. Ma come nella più crudele delle fiabe, un nemico potente è in agguato e trama nell'ombra un piano per intrappolare per sempre Pingu e i suoi amici nel passato. Per sconfiggerlo e completare la loro missione i ragazzi potranno contare solo sui loro nuovi, straordinari poteri, oltre che sulla forza della loro amicizia.

★ I SEI REGNI DELLA MAGIA

È trascorso solo qualche mese dall'eclissi che ha cambiato per sempre le sorti di Pingu e dei suoi amici. La loro tranquilla vita al castello, però, sta per essere di nuovo sconvolta. Eventi via via più inquietanti si susseguono senza apparente spiegazione e neppure il re, chiuso nella sala del trono, sembra essere al sicuro. Per risolvere il mistero, a Pingu e gli altri non resta che chiedere aiuto al saggio mago di corte. L'anziano stregone non ha esitazioni. È arrivato il momento di rivelare un segreto che ha custodito per troppo tempo. Per farlo, mostra ai ragazzi un curioso manufatto: la Mappa del Destino. A metà fra un tabellone da gioco e un'antica carta geografica, la mappa svela a Pingu e gli altri l'esistenza di sei regni, separati da confini incantati. Gli stessi confini che oggi la magia oscura minaccia di far cadere, sovvertendo l'equilibrio del reame. Senza indugiare, Pingu e i suoi decidono di mettersi in viaggio, lasciandosi guidare dal potere della mappa. A ogni tappa del cammino li aspettano nuove prove, fra imponenti navi vichinghe, giungle selvagge e piramidi piene di tranelli. Fino a una torre diroccata avvolta dalle ombre, dove li attende l'incontro più temuto, quello con il loro destino.

Finito di stampare
nel mese di luglio 2023
per conto della Adriano Salani Editore s.u.r.l.
da Grafiche Stella, San Pietro di Legnago (VR)
Printed in Italy